Un diamant trop brillant

LOUISE FULLER

Un diamant trop brillant

Traduction française de
CAROLINE JUNG

AZUR

HARLEQUIN

Collection : Azur

Titre original :
HER DIAMOND DEAL WITH THE CEO

HARPERCOLLINS FRANCE
83-85, boulevard Vincent-Auriol, 75646 PARIS CEDEX 13
Service Clients — www.harlequin.fr
ISBN 978-2-2805-0167-5 — ISSN 0993-4448

Édité par HarperCollins France.
Composition et mise en pages Nord Compo.
Imprimé en février 2024 par CPI Black Print (Barcelone)
en utilisant 100% d'électricité renouvelable.
Dépôt légal : mars 2024.

FSC
www.fsc.org
MIXTE
Papier issu de sources responsables
FSC® C159065

Pour limiter l'empreinte environnementale de ses livres, HarperCollins France s'engage à n'utiliser que du papier fabriqué à partir de bois provenant de forêts gérées durablement et de manière responsable.

1

Ondine s'arrêta sur le rivage, au milieu du sable blanc, et prit une profonde inspiration. La plage de Dipper était trop étroite et trop escarpée pour accueillir les flots de touristes qui se déversaient en masse sur les côtes de la Floride si bien que, à l'exclusion des quelques crabes et goélands qui y avaient élu domicile, elle était pratiquement déserte.

Ce qui était parfait.

C'était son premier jour de congé après trois semaines sans pause. Elle aurait pu faire la grasse matinée si son cerveau ne s'était pas mis en marche à la même heure que d'habitude, à savoir une minute avant que le réveil sonne. Elle aurait pu refermer les yeux et se rendormir. Mais elle adorait voir le soleil se lever et teinter de rose le ciel. C'était l'heure de la journée qu'elle préférait, du moins quand elle ne travaillait pas.

Elle leva les yeux. À l'hôtel, elle n'avait jamais une minute pour rêvasser ou faire une pause. Là, sur la plage, personne n'essayait de croiser son regard ou de claquer des doigts pour attirer son attention. Il n'y avait qu'elle, le soleil, le ciel et la mer, immense et bleue.

Enfant, elle était moyenne en tout, sauf en natation. La natation était son « super-pouvoir ». C'était son domaine d'excellence dans une famille de surdoués. Elle s'entraînait tous les matins, avant l'école, et participait à des compétitions pratiquement tous les week-ends, dans l'espoir idiot de monter un jour sur un podium. Une blessure avait brisé ses rêves de gloire et, à présent, elle nageait pour le plaisir, ainsi que dans le cadre de son métier de maître-nageuse. Elle travaillait au Whitecaps, un hôtel situé sur l'une des plus belles plages de Palm Beach et fréquenté uniquement par des gens riches et beaux.

Elle n'avait pas beaucoup d'occasions de mettre ses qualités de nageuse en pratique. Contrairement aux personnes fréquentant la piscine municipale dans laquelle elle travaillait auparavant, la plupart des résidents du Whitecaps préféraient se prélasser au bord de la piscine plutôt que de faire des longueurs. Il en allait de même sur la plage privée de l'hôtel.

C'était la deuxième année qu'elle travaillait dans cet hôtel où, en plus d'être maître-nageuse, elle était serveuse au bar et au restaurant presque tous les soirs.

Elle scruta l'horizon et fit la moue. Il n'y avait pas de sot métier, certes, mais ce n'était pas la vie qu'elle avait imaginée. Deux boulots, deux divorces et pour tout logement, un petit appartement de bord de mer en location.

Mais les pourboires étaient phénoménaux, et vu la situation dans laquelle l'avait laissée Vince, son second ex-mari, cela comptait davantage que la satisfaction qu'elle pouvait retirer de son travail.

Elle repensa aux enveloppes qui s'empilaient sur le plan de travail de sa cuisine et eut un haut-le-cœur. Parfois, après une journée de travail harassante, elle essayait de calculer combien de verres elle devrait encore servir avant d'avoir totalement épongé ses dettes. Mais, la plupart du temps, elle était trop fatiguée pour faire autre chose qu'engloutir une assiette de pâtes ou un bol de céréales et aller se coucher.

— *¡ Hola ! Ondine. ¿ Cómo está hoy ?*

Ondine se retourna et sourit à la vieille dame qui avançait dans sa direction. Dolores était sa voisine la plus proche. Elle avait quatre-vingt-un ans mais sortait son chihuahua, Hércules, deux fois par jour, sur la plage.

— Tu t'es baignée, *chica* ? Tu es en congé aujourd'hui, non ?

— *¡ Hola !* Dolores. Bonjour, Hércules, dit-elle avant d'embrasser la vieille dame et de caresser les oreilles toutes douces du petit chien. Je travaille ce soir, mais j'avais envie d'aller nager et je me félicite d'être venue. La mer est magnifique. Tout est si calme, aujourd'hui.

— Ce n'était pas le cas hier soir, dit Dolores en jetant un coup d'œil au yacht blanc qui mouillait non loin du rivage. Ils ont fait un raffut terrible, entre la musique, les cris et les allers et retours incessants. Il y a vraiment des gens sans gêne.

Elle souffla.

— Enfin, je suis contente que tu puisses te baigner tranquille ce matin, *chica*.

— Merci, Dolores. À demain ! Au revoir, Hércules.

Dolores agita la patte du chihuahua en guise de salutation. Ondine sourit et regarda de nouveau la mer et le yacht qui se balançait au gré des vagues. Un bateau de cette taille aurait pu l'impressionner quand elle était plus jeune, mais plus depuis qu'elle travaillait à Palm Beach, où il y avait autant de yachts que de palmiers.

Elle retira son sweat-shirt, son short et ses tongs. Le sable était chaud et doux. Elle y enfonça les orteils.

« L'argent ne fait pas le bonheur », lui avait répété sa mère. Mais elle avait du mal à s'en persuader en voyant les factures impayées s'entasser sur la table de sa cuisine.

Elle cessa de remuer les orteils dans le sable. Elle aurait dû être plus vigilante avec Vince. Elle savait qu'il était dépensier, mais elle avait tardé à reconnaître qu'elle avait fait une erreur, *une fois de plus*.

Elle fixa le yacht, le cœur tambourinant dans sa poitrine, et se remémora la fin de son histoire avec son premier mari.

L'infidélité de Garrett avait été humiliante, dévastatrice, mais Ondine avait fini par surmonter cette épreuve. Si ce n'est que trois semaines plus tard, alors qu'elle n'avait pas encore eu le courage d'annoncer à ses parents qu'elle allait divorcer, ces derniers étaient morts tous les deux dans un accident de voiture.

Elle frissonna. Du jour au lendemain, elle était devenue à la fois orpheline et tutrice d'Oliver, son petit frère de quinze ans. Elle était revenue en Floride pour s'occuper de lui et, au bout d'un mois, avait rencontré Vince dans un magasin de bricolage. Il l'avait fait rire et avait fini par l'inviter à sortir, un soir. Elle s'était sentie désirable.

C'était tout à fait ce dont elle avait besoin, à l'époque. Mais au lieu de se dire que cette relation lui permettait simplement d'oublier momentanément sa rupture avec Garrett et la mort de ses parents, elle avait dit oui quand Vince l'avait demandée en mariage. Un an plus tard, ils s'étaient séparés, confirmation, s'il en fallait une, qu'elle n'était vraiment pas faite pour le mariage. Cette fois, son orgueil avait été moins meurtri, mais elle avait perdu sa maison et s'était retrouvée couverte de dettes, qu'elle continuait à payer aujourd'hui.

La seule petite lueur d'optimisme, dans ce désastre financier, était que les économies destinées à payer les études de son petit frère étaient bloquées sur un compte d'épargne.

Contrairement à elle, Oliver avait toujours su ce qu'il voulait faire dans la vie, et il avait les capacités intellectuelles et la détermination pour y arriver. En ce moment, il se trouvait au Costa Rica, où il était bénévole dans un dispensaire itinérant jusqu'en septembre, avant de revenir au pays pour entrer en première année de médecine.

Un mouvement sur le yacht attira son regard. Ondine plissa les yeux et vit un homme s'accroupir sur le pont, ramasser une bouteille et lever le bras comme pour la lancer dans la mer. Il portait un costume, et une chemise blanche dont le col était déboutonné.

— Tu n'as pas intérêt à faire ça, murmura-t-elle.

Comme s'il l'avait entendue, l'homme leva les yeux et regarda dans sa direction. Elle sentit une vague de chaleur monter le long de son échine. Il était trop loin pour qu'elle distingue les traits de son visage, mais sa silhouette se détachait sur le ciel bleu, pareille à celle d'un personnage de roman de F. Scott Fitzgerald.

Il lâcha la bouteille à ses pieds et se releva. Il épousseta sa veste avec une insouciance qui suscita chez Ondine autant de répulsion que d'envie. Ces gens-là portaient des montres hors de prix et étaient bronzés toute l'année. Elle le regarda d'un œil noir, avec le même dédain que celui avec lequel les clients richissimes jetaient leurs draps de bain utilisés sur le sol, à côté de leur chaise longue, ou les pourboires sur les tables.

Son cœur fit un bond dans sa poitrine quand l'homme du yacht se tourna brusquement et se mit à courir, avant de sauter par-dessus bord. Il s'ensuivit un instant de silence absolu, avant que son corps heurte l'eau dans un grand éclaboussement.

Qu'est-ce qu'il fabrique ?

Ondine sentit une tension familière dans tout son corps et avança précipitamment vers l'eau, puis se souvint qu'elle n'était pas au travail. Elle étouffa un juron. Elle avait passé toutes les vacances de printemps à veiller sur de jeunes gens nantis faisant les pitres au bord de l'eau, douce ou salée. Était-elle obligée de le faire aussi quand elle pouvait enfin s'accorder quelques heures de congé ?

Elle scruta l'endroit où l'homme avait sauté et se mit à évaluer la distance qui les séparait. Il aurait déjà dû remonter à la surface. Sans réfléchir plus avant, elle se jeta à l'eau et se mit à nager dans sa direction.

Elle aperçut soudain une masse, qui remonta à la surface avant de disparaître de nouveau, et plongea. Sous l'eau, la chemise de l'homme était d'une blancheur éblouissante. Elle s'approcha et passa instinctivement le bras autour de son torse pour ramener son visage à la surface et se remit à nager, en direction de la plage, cette fois.

Elle parvint à le traîner sur le sable. Elle comprit avec effroi que ce qu'elle prenait pour des motifs sur sa chemise était en réalité des taches de sang. Elle se remémora les gestes appris lors de sa formation. Son corps tremblait d'avoir effectué un tel effort, mais elle avait l'esprit clair. Elle glissa deux doigts sous le menton de l'homme pour le relever, lui pinça le nez, se pencha et commença le bouche-à-bouche.

Au bout de quelques secondes, l'homme toussa. Elle le fit rouler sur le flanc, et il demeura ainsi un moment, secoué de quintes de toux.

— Tout va bien, dit-elle en lui pressant doucement l'épaule. Vous êtes en sécurité.

L'était-il vraiment ?

Elle le dévisagea, le cœur battant la chamade. Le sang sur sa chemise paraissait être frais. Elle la déboutonna d'une main fébrile, afin de trouver l'origine du saignement.

— Qu'est-ce que vous faites ? demanda l'homme d'une voix rauque.

Le fait qu'il parle la soulagea.

— Votre chemise est pleine de sang. Il faut que je...

— Ne vous inquiétez pas, dit-il. Il y a eu une bagarre, hier soir, j'ai simplement essayé de les séparer mais...

Il porta la main à sa bouche, à un endroit où elle remarqua une petite coupure sur sa lèvre inférieure.

— J'ai reçu un coup.

Il frissonna. Ondine alla chercher son sweat-shirt et l'en couvrit.

— Dommage que vous n'ayez pas été là, ajouta-t-il. Vous

m'auriez aidé. Vous devez avoir une sacrée force pour m'avoir sorti de l'eau comme ça.

— C'est mon métier. Je suis maître-nageuse.

Alors fais ton métier, s'intima-t-elle, en détournant le regard de ses lèvres sensuelles.

Elle prit son pouls qui, par chance, était régulier.

— Avez-vous consommé de l'alcool ou de la drogue ?

— Pardon ? dit-il en plissant le front. Non, rien du tout.

Elle le revit ramasser puis lever la bouteille et le regarda d'un air suspicieux. Mais il respirait, et son pouls était fort. Les médecins de l'hôpital l'examineraient et vérifieraient par eux-mêmes s'il disait vrai à propos de l'alcool.

— Bien, il faut que j'aille appeler les secours. Ne bougez pas d'ici, je n'en ai pas pour longtemps.

Elle aurait préféré ne pas le laisser seul, mais les chances de voir quelqu'un sur cette plage de bon matin étaient réduites. Elle regretta de ne pas avoir emporté son téléphone avec elle. Elle le revit, posé sur le plan de travail de la cuisine.

— Non, dit-il en lui saisissant le poignet avec une force qu'elle n'aurait pas soupçonnée. Ce n'est pas la peine d'appeler les secours. Vous êtes maître-nageuse...

— Oui, mais pas médecin, précisa-t-elle d'une voix calme mais ferme. J'habite tout près. Je vais appeler une ambulance et je reviens aussitôt.

Elle s'attendit à le voir protester, ce qui était une réaction courante. Les gens, notamment les hommes, avaient souvent honte d'être « secourus », mais le protocole était clair. Dans le cas d'un sauvetage de la noyade, l'examen par un professionnel de santé était indispensable, même quand la personne secourue semblait en bonne santé et que sa respiration et son pouls étaient redevenus normaux.

Il lâcha son bras.

— Comme vous voulez.

Elle enfila son short et se leva.

— J'en ai pour cinq minutes, tout au plus. Restez là et tâchez de ne pas vous inquiéter. Je suis simplement le protocole. Au fait, je m'appelle Ondine.

— Jack, dit-il en se retournant sur le sable, les yeux toujours clos. Jack Walcott.

Je sais qui vous êtes.

Jack Walcott était l'héritier de l'empire pétrolier Walcott. Il était également client du Whitecaps. De tous les beaux et riches clients qui y résidaient, c'était le plus sexy. Un milliardaire à la tête d'ange, aux yeux dorés et dont les proportions du visage étaient tellement parfaites qu'il était difficile de ne pas le dévisager. Un physique de star de cinéma dont le sourire pouvait à lui seul faire s'arrêter de tourner la Terre.

Fait dont il était tout à fait conscient.

Elle plissa les lèvres. Jack Walcott était aussi un enfant gâté, indolent et arrogant. Il ne la regardait pas – pas plus qu'il ne regardait les autres employés de l'hôtel, comme s'ils étaient transparents – quand il se prélassait sur sa chaise longue, au bord de la piscine, dans un short de bain bleu qui faisait ressortir à la fois son bronzage et les lignes formées par les muscles de son corps. Un jour, au restaurant, il n'avait pas levé les yeux de son steak quand elle lui avait apporté la moutarde qu'il lui avait demandée. Elle faisait partie du personnel, c'était tout. Elle était l'un des nombreux larbins payés pour satisfaire ses moindres besoins.

Cela dit, il était forcément conscient de l'effet qu'il produisait sur les gens. Sur son passage, tout le monde se retournait, se donnait des coups de coude ou se mettait à murmurer à l'oreille de son voisin.

La ligne dessinée par ses abdominaux lui donna soudain envie de tendre la main pour les toucher. Consciente de l'incongruité de sa réaction, elle frappa dans ses mains.

— Bon, j'y vais. À tout de suite, Jack, dit-elle promptement.

Il ne rouvrit pas les yeux.

Avant d'arriver à la falaise, elle se retourna instinctivement. À sa grande surprise, Jack Walcott n'était plus à l'endroit où elle l'avait laissé. Il s'était relevé et marchait avec une grâce nonchalante, son sweat-shirt négligemment posé sur ses larges épaules. Elle poussa un juron et courut dans sa direction.

— Jack !

Il se retourna. La brise soulevait des mèches de ses cheveux blonds. Sa chemise presque sèche voletait, et n'adhérait plus à son torse, dévoilant une musculature parfaite. Elle s'efforça de le regarder dans les yeux.

— Vous avez oublié quelque chose ? dit-il en plissant les yeux face au soleil.

Il sembla alors prendre conscience qu'il avait emporté son sweat-shirt.

— Ah oui ! bien sûr ! Excusez-moi, ajouta-t-il en le lui tendant.

— Non, ce n'est pas pour cela que je suis revenue.

Il finit par la regarder dans les yeux. D'une manière qui la rendit nerveuse et très consciente de sa posture, des mouvements de ses seins provoqués par sa respiration, des battements de son cœur dans sa poitrine...

Elle crut percevoir un mouvement presque imperceptible derrière ses traits parfaits, telles les micro-secousses précédant un tremblement de terre, comme s'il avait compris ce qu'elle éprouvait, et comme s'il éprouvait la même chose.

Elle ne se rappela pas qui bougea le premier. Peut-être se pencha-t-il vers elle, peut-être perdit-elle l'équilibre à force de le fixer. Toujours est-il qu'ils se retrouvèrent tout près d'un de l'autre. Trop près. Et que leurs lèvres s'effleurèrent. Une vague de désir monta en elle, un désir qu'elle n'avait jamais éprouvé auparavant.

Les lèvres de Jack Walcott étaient chaudes et douces. Et

salées. Il passa la main sur sa taille, et elle n'eut d'autre envie que de se coller contre les muscles fermes de son torse. Leur baiser s'approfondit, et elle sentit son corps fondre.

Puis elle s'écarta brusquement, le cœur tambourinant, les jambes flageolantes.

— Qu'est-ce qui vous prend ? s'exclama-t-elle, plutôt que de se demander ce qui lui avait pris d'embrasser un homme qu'elle venait de sauver de la noyade, sur une plage déserte. Personne ne vous a dit que cela ne se faisait pas d'embrasser les gens quand bon vous semblait ?

Il pencha la tête et la dévisagea.

— Si je ne m'abuse, dit-il d'une voix douce, c'est vous qui m'avez embrassé la première.

— Je vous ai fait du bouche-à-bouche ! Je vous rappelle que vous avez failli vous noyer. Mais, qu'est-ce que vous faites, maintenant ? demanda-t-elle en le voyant tourner les talons.

— Je rentre à mon hôtel.

— Non, vous ne pouvez pas rentrer à l'hôtel, et encore moins tout seul. Raison pour laquelle je vous ai dit de rester là et de m'attendre.

— Je m'ennuyais.

Elle sentit la colère monter en elle et le sang battre à ses tempes.

— Il faut que vous voyiez un médecin.

— C'est ce que je fais. Du moins, ce que je *faisais*. Nous nous sommes disputés. Je crois que je suis célibataire depuis hier soir, dit-il, une ébauche de sourire sur les lèvres.

— Cela ne m'étonne pas, si vous traitez vos partenaires avec aussi peu de respect que vous en avez pour votre santé, s'entendit-elle dire.

Il la fixa en silence. Son sourire s'était évanoui.

— J'ai cru comprendre que j'avais besoin d'un médecin, pas d'un psy. Quoi qu'il en soit, Odette, je suis sûr que cela part d'une bonne intention, mais je suis épuisé et je n'ai vraiment pas besoin d'un sermon. Je n'ai qu'une envie, c'est d'être dans mon lit.

Pour preuve de ce qu'il venait de dire, il bâilla et s'étira.

— C'est Ondine, pas Odette, rectifia-t-elle. Et je vous répète qu'il ne faut pas que vous restiez seul.

— Dans mon lit ?

Elle sentit la chaleur lui monter aux joues. Dans tout le corps, en fait.

— Vous avez raison, dit-il, une lueur malicieuse dans le regard. Êtes-vous en train de me laisser entendre que vous seriez intéressée ? Dans ce cas, je suggère que nous allions directement chez vous, c'est plus près.

— Je ne suis pas intéressée, et il n'y a pas de « nous », rétorqua-t-elle, agacée.

Il pencha la tête.

— Je plaisante.

— Vous trouvez que la situation prête à la plaisanterie ? Vous avez peut-être l'impression que tout va bien, mais les problèmes pulmonaires sont fréquents chez les rescapés de noyades. Il peut se produire un déséquilibre chimique, une arythmie…

— Ça va, ça va, j'ai compris dit-il en levant les mains. Mais ce n'est pas la peine d'appeler une ambulance. J'ai une voiture à l'hôtel, je peux aller à l'hôpital tout seul.

Elle résista à l'envie de lever les yeux au ciel et se contenta de secouer la tête.

— Non, vous ne pouvez pas. Autant que je vous y emmène moi-même, dans ce cas.

Il la dévisagea comme si elle parlait dans une langue qui lui était étrangère.

— Pourquoi vous donner cette peine ? demanda-t-il.

— Je vous l'ai dit. Il faut que vous voyiez un médecin, et je ne suis pas sûre que vous fassiez preuve de bon sens.

— Vous m'impressionnez ! dit-il sur un ton ironique. En général, les gens mettent plus longtemps à s'en rendre compte.

Leurs regards se croisèrent. Il était vraiment beau comme un dieu. Elle décida d'ignorer l'accélération des battements de son cœur.

— Il vous faut des chaussures. Nous pouvons passer en chercher chez moi. Je dois aussi récupérer mon portable. Vous pourrez appeler une personne de votre entourage pour lui dire que vous allez bien. Venez, suivez-moi.

Sans plus attendre, elle tourna les talons et reprit la direction de la falaise.

Cinq minutes plus tard, ils roulaient à bord de sa vieille Honda Civic. Assis sur le siège passager, Jack semblait emplir tout l'habitacle de ses longues jambes et de ses épaules carrées.

— Après ce trajet, j'aurai certainement besoin d'un examen médical. J'ai l'impression d'être à bord d'un jet-ski sur la terre ferme.

— Il faut que je change les amortisseurs, répondit-elle sèchement. Mais ne vous inquiétez pas, nous sommes presque arrivés.

Il y avait quatre hôpitaux près de chez elle, mais elle sut d'emblée où emmener Jack sans avoir à le lui demander. Solace Health était la clinique préférée des gens riches et célèbres. Des orchidées ornaient le guichet d'accueil et, au lieu de l'odeur habituelle de désinfectant, l'air embaumait la fleur d'oranger et l'argent.

— Vous m'emmenez à Solace Health ? demanda-t-il en plissant le front. Il n'y a pas d'autres hôpitaux dans la région ?

— Si, un peu plus loin. Mais ce sont des hôpitaux publics, ce qui signifie qu'il y aura plus de monde et qu'il faudra attendre votre tour.

— Ça ne me dérange pas d'attendre, dit-il avec un haussement d'épaules.

Agacée, elle lui jeta un coup d'œil en se remémorant la manière impérieuse qu'il avait de claquer les doigts au bord de la piscine, mais avant qu'elle ait eu le temps de répondre quoi que ce soit, il se pencha vers elle, lui prit ses lunettes de soleil et les mit sur son nez. Sa main lui effleura la joue, aussi légère que les herbes hautes qui lui caressaient les jambes quand elle traversait les dunes. Mais les herbes des dunes ne la faisaient pas rougir.

— À vrai dire, je préfère faire la queue qu'aller à Solace, dit-il. Ma famille est connue, là-bas. Je n'ai pas envie que cela fasse encore des histoires.

Lorsqu'ils entrèrent dans l'hôpital, l'arrivée de Jack Walcott ne passa pas inaperçue. Ondine avait toujours pensé que c'étaient son statut et son argent qui provoquaient la réaction des gens face à lui. Or, en voyant toutes les têtes se tourner vers lui alors qu'il était simplement accoudé au guichet, les yeux dissimulés derrière des lunettes de soleil qui, pas plus que les tongs qu'il avait aux pieds, ne lui appartenaient pas, elle comprit qu'il y avait quelque chose chez lui qui allait au-delà de sa seule situation sociale, un charisme qui ne laissait personne indifférent.

Après l'avoir examiné, le médecin l'autorisa à rentrer chez lui, avant de se tourner vers Ondine.

— Il faudra surveiller l'évolution de son état, dit-il. Il faut que votre mari se repose et que vous restiez à son chevet, si cela est possible pour vous. S'il a du mal à respirer, si son teint change de couleur ou si vous avez du mal à le réveiller, ramenez-le immédiatement à l'hôpital.

— D'accord, docteur, dit Jack. Ma femme va prendre soin de moi. J'ai beaucoup de chance d'avoir épousé une femme aussi merveilleuse.

— D'accord, docteur, s'entendit-elle dire, sans rétablir la vérité.

Lorsqu'ils reprirent la voiture, Ondine se tourna vers Jack avant de mettre le contact.

— Je vais vous déposer au Whitecaps, dit-elle. Il y a certainement quelqu'un qui pourra veiller sur vous, n'est-ce pas ?

— Comment savez-vous que je loge au Whitecaps ? demanda-t-il, étonné.

Elle jura intérieurement. Mais il était trop tard pour faire machine arrière.

— J'y travaille, finit-elle par répondre.

Il se cala dans son siège.

— C'est bien ce qu'il me semblait. J'avais l'impression de vous avoir déjà vue quelque part.

Il fronça les sourcils, ce qui lui donna un air de chien battu qu'elle trouva extrêmement agaçant. À moins que son agacement provienne de la manière dont son corps réagissait à leur promiscuité...

— Je suis maître-nageuse, dit-elle. Vous avez dû me voir à la piscine de l'hôtel.

Elle démarra.

— Ou au restaurant, ajouta-t-elle en prenant la route.

— Ils ont des maîtres-nageurs au restaurant ? demanda-t-il en levant un sourcil. Les assiettes à soupe sont plus profondes que je ne l'aurais cru.

Elle essaya de s'empêcher de sourire, mais ses lèvres semblèrent avoir leur volonté propre.

— Je suis aussi serveuse au restaurant, le soir.

— Quand est-ce que vous vous reposez ?

La question était simple, la réponse l'était beaucoup moins.

— Aujourd'hui, par exemple. C'est mon jour de repos.

Elle regretta aussitôt ses paroles en voyant les yeux dorés de Jack la dévisager avec curiosité.

— Et vous avez décidé de le passer avec moi, je suis flatté, dit-il.

— Il n'y a pas de quoi, répliqua-t-elle promptement, appuyant sur le bouton de l'air conditionné d'une main soudain tremblante. J'aurais fait la même chose pour n'importe qui.

C'était la vérité, mais cela ne l'empêcha pas de rougir. Elle s'en voulut de ne pas être capable de mieux se contrôler.

— Si vous le dites, murmura-t-il. Mais dites-moi : pourquoi occupez-vous deux emplois ? Moi, je n'en ai même pas un.

Elle perçut une pointe d'aigreur dans le ton de sa voix mais ne sut l'interpréter. De toute façon, elle n'était pas là pour comprendre Jack Walcott. Et encore moins pour que lui la comprenne. Elle haussa les épaules.

— J'ai beaucoup de choses à régler dans ma vie.

C'était la version courte. La version longue, humiliante, était qu'elle avait laissé un idiot mal gérer son argent. Mais loin d'elle l'idée de se confier à Jack Walcott sur le sujet.

— Dans ce cas, pourquoi ne pas vous concentrer sur un métier, demander une promotion, par exemple ?

Il tourna le visage vers le soleil.

— Vous pourriez aussi épouser votre patron, ajouta-t-il en remontant les lunettes de soleil sur son nez.

Elle lui jeta un regard noir.

— Vous avez des idées très progressistes. Non, merci, je n'ai pas l'intention d'épouser mon patron.

Elle n'avait l'intention d'épouser personne. Elle avait déjà commis cette erreur à deux reprises, et espérait avoir retenu la leçon, cette fois.

— De toute façon, le mariage ne bénéficie qu'aux hommes, c'est connu, ajouta-t-elle.

— Le mariage n'est pas pour moi. Je suis attaché à ma liberté.

— Je n'en doute pas. Je dis simplement que, d'un point de vue statistique, le mariage est bénéfique pour les hommes. Quand ils sont mariés, les hommes vivent plus longtemps, gagnent plus d'argent, notamment parce que les gens les croient plus dévoués, plus responsables, plus mûrs.

Ces mêmes gens n'avaient certainement pas rencontré ses

deux ex-maris, pensa-t-elle en activant le clignotant avec plus de force que nécessaire.

— Même s'ils ne le sont pas ? demanda Jack en la regardant.

— Il faut croire que oui.

— Et que pense l'homme aux tongs de tout cela ?

— Qui ?

— L'homme à qui j'ai emprunté les tongs que j'ai aux pieds.

Elle avait oublié les tongs.

— Oh ! ce sont les tongs de mon petit frère. Il vit avec moi.

— « Petit » frère ? s'étonna-t-il en regardant ses pieds.

— Petit en âge, pas en taille.

Elle pensa à Oliver et sentit la tension de la matinée s'atténuer un peu. Il la dépassait en taille depuis ses treize ans. Maintenant qu'il en avait dix-neuf, il mesurait un mètre quatre-vingt-neuf. Il était beau et bien bâti, comme leur père, avec le sourire de leur mère. Oliver était le seul élément positif de sa vie. La seule chose qu'elle n'ait pas gâchée.

— Votre petit ami est content que vous viviez avec votre petit frère ?

Elle se figea. Il y avait deux façons de répondre à cette question. Dire la vérité, à savoir qu'elle était célibataire, ou dire que cela ne le regardait pas. Ce qui revenait de toute façon à dire qu'elle était célibataire.

— Je n'ai pas de petit ami, dit-elle d'un ton aussi détendu que possible.

Oliver était le seul homme de sa vie, en ce moment, et vu les exploits qui avaient jalonné sa vie sentimentale, elle ferait mieux de s'en tenir à cela.

— Et vous, vous avez quelqu'un qui va pouvoir veiller sur vous pendant votre sommeil ?

— Ce ne sera pas vous ?

— Certainement pas ! dit-elle, un peu prise de court.

Jack posa la main sur le volant et le tourna brusquement vers la gauche. Il s'ensuivit un concert de klaxons.

— Ça ne va pas, non ? s'exclama-t-elle en repoussant sa main du volant. Vous êtes suicidaire ?

— Vous étiez sur la mauvaise file.

— Non, l'hôtel est dans cette direction.

— C'est vrai, confirma-t-il en se calant dans son siège, mais je voudrais que ce petit épisode ne soit pas ébruité. Aussi préférerais-je aller me reposer chez vous.

2

Ondine pila et se tourna vers Jack.

— Vous plaisantez, j'espère !

Elle vit son reflet déformé sur le verre de ses lunettes de soleil, qu'elle arracha de son nez.

— Calmez-vous, dit-il. Je n'avais pas d'idée indécente derrière la tête.

Une image très précise d'idée indécente s'imposa à elle, qu'elle s'efforça aussitôt de chasser de son esprit. Dans le rétroviseur, le conducteur du véhicule qui la suivait paraissait très mécontent de sa conduite.

— Ne me dites pas de me calmer.

— Désolé. C'est juste que je ne veux pas débarquer au Whitecaps dans cet état, dit-il en indiquant sa chemise maculée de sang. C'est comme à Solace Health. Tout le monde connaît mon grand-père, et la nouvelle se répandrait aussi rapidement qu'une traînée de poudre.

Derrière eux, le conducteur manifesta son mécontentement à grands coups de klaxon. Jack se retourna, ce qui suffit à le faire s'arrêter.

— Je sais que je me suis comporté comme un abruti, tout à l'heure, et je comprends que vous ayez envie de vous débarrasser de moi, mais il me faut vraiment un endroit où je puisse dormir une heure ou deux. Juste pour récupérer.

Ondine serra le volant. Il avait raison, elle avait envie de se débarrasser de lui. Parce que Jack Walcott était un défi et une tentation emballés dans un joli paquet, comme un cadeau de Noël. Et parce qu'elle sentait toujours la trace de ses lèvres sur les siennes.

Et où irait-il si elle lui refusait ce service ?

Comme s'il sentait qu'elle était en train de flancher, il la regarda d'un air implorant.

— S'il vous plaît, Ondine.

Durant quelques secondes, son cœur se serra. C'était la première fois qu'il l'appelait par son prénom, qu'il avait une façon bien à lui de prononcer.

Par chance, le bon sens lui revint. Elle serra les dents. Que Jack Walcott n'ait pas envie de rentrer dans son hôtel était son problème à lui. Rien, dans le programme de formation des maîtres-nageurs, ne l'avait préparée à accueillir un Jack Walcott chez elle. Pourquoi donc s'entendit-elle lui répondre le contraire de ce qu'elle avait en tête ?

— Bon, venez chez moi. Pour *dormir*. Et dès que vous avez fini votre sieste, vous partez.

— Merci, dit-il d'une voix radoucie.

Le trafic reprit. Deux heures seraient vite passées. Ensuite, Jack Walcott rentrerait à son hôtel, et elle reprendrait le cours de sa vie là où elle l'avait laissé.

Jack s'endormit dès qu'il s'allongea sur le lit. Il eut l'impression de faire un rêve très réaliste, dans lequel il se trouvait sur un yacht, s'apprêtait à sauter mais, cette fois, il croisait le regard bleu d'Ondine qui, assise près de lui, lui prenait le pouls, reposait son poignet et laissait les mains parcourir son torse, jusqu'à ses épaules, avant de se baisser vers lui et de l'embrasser de ses lèvres douces et chaudes...

Il se retourna et ouvrit les yeux.

Les rideaux tirés laissaient passer un rai de lumière vive. Il avait la gorge sèche. Il s'assit et parcourut la chambre du regard. Mis à part l'ordre qui y régnait, probablement dû au fait que son occupant était absent, c'était une chambre d'adolescent typique. Des posters de dauphins étaient punaisés au mur. Sur le bureau, un ordinateur et des jeux vidéo. Un squelette grandeur nature pendait du plafond, reliquat probable de Halloween. Sur une étagère, des romans de science-fiction côtoyaient des manuels de médecine, ainsi qu'une photo encadrée, qui attira son attention. Il se leva péniblement et alla l'examiner. Y figuraient Ondine et manifestement son frère et leurs parents dans un parc d'attractions. La photo avait été prise juste au moment où leur canot, après avoir dévalé le lit d'un torrent artificiel, terminait sa descente dans une grande gerbe d'eau. Les visages exprimaient à la fois la joie et la frayeur.

En tout cas, ils avaient l'air heureux.

Comme devraient l'être toutes les familles.

Il éprouva une pointe d'envie mêlée d'amertume. Il avait une famille. Ou, pour être plus précis, deux, depuis que ses parents avaient divorcé. Pourtant, il ne faisait partie d'aucune des deux. La honte et la tristesse s'emparèrent de lui, une fois de plus...

Il scruta le visage d'Ondine. Elle était forte, plus forte qu'elle n'en avait l'air. Il se dégageait d'elle une confiance certaine. Une fois qu'elle avait fini par accepter de l'accueillir chez elle pour qu'il se repose, elle était redevenue calme et pragmatique, comme elle l'avait été sur la plage et à l'hôpital.

Il repensa à la manière dont elle l'avait installé dans la chambre de son frère.

« Qu'est-ce que vous faites ? » avait-il demandé en la voyant tirer un fauteuil près du lit.

« Vous êtes épuisé. Il faut que vous vous reposiez, et moi, je vais veiller sur vous. »

Elle s'était alors assise et avait ouvert un livre de poche.

« Vous n'êtes pas obligée de rester là. »

« J'ai promis au médecin que je veillerais sur vous », avait-elle répondu avec un haussement d'épaules.

Elle l'avait regardé d'un air méfiant, se remémorant sans doute le moment où le médecin les avait pris pour un couple.

« Et vous tenez toujours parole. »

C'était un constat plus qu'une question mais elle avait répondu : « Oui, je fais ce que je dis. »

« Pour le meilleur et pour le pire, madame Walcott », avait-il murmuré en s'allongeant.

L'expression de son visage avait changé imperceptiblement, puis elle avait souri.

« Dormez bien, Jack », avait-elle dit avant de se plonger dans sa lecture.

À présent, le fauteuil était vide. Il en éprouva de la colère, ainsi que de la déception. Où était passée la femme qui tenait toujours parole ? Il sentit une tension dans ses épaules. Des tas de gens censés prendre soin de lui lui avaient fait des promesses qu'ils n'avaient jamais tenues. Seul son grand-père avait été là pour lui. En le poussant, en le secouant, en prenant soin de lui. Il reposa brusquement le cadre sur l'étagère et aperçut un papier plié en deux sur lequel était inscrit son prénom en lettres capitales. Il l'ouvrit.

Je suis sortie acheter du lait. Je reviens tout de suite. Ne vous échappez pas. O.

O.

Il imagina la bouche d'Ondine formant un O pour le prononcer et repensa à leur baiser sur la plage. Était-ce ce qui l'avait attiré ? Il ne se rappelait plus lequel des deux avait pris l'initiative.

Peu importait.

Ondine n'était pas son genre de femme. Trop sérieuse, trop sèche, avec un côté autoritaire qui l'agaçait. Il repensa à la manière dont elle l'avait amené plus ou moins de force à l'hôpital. Ses cheveux noués en une queue-de-cheval étaient d'un châtain sans éclat particulier ; et ses yeux bleus, fixés sur lui en permanence. Il ne pouvait pas dire qu'elle soit jolie, non. Et pourtant...

Sa bouche était sensuelle, et elle avait de belles jambes. Mais pour lui, ce baiser était plus une question de circonstances qu'autre chose. Il venait de réchapper à la noyade, il avait besoin de sentir la chaleur de son souffle, la douceur de ses lèvres, le pouls de la vie qui battait en lui. Or, l'attirance, le désir ou l'envie, peu importe le nom qu'on lui donnait, était le contraire des instants qu'il avait passés sous la surface de l'eau. Cela avait valeur de talisman, ou de bouée de sauvetage.

Et s'il frissonnait, à présent, c'était probablement à cause du sel sur sa peau. Tout ce dont il avait besoin, c'était d'une bonne douche, après quoi il reprendrait le cours de sa vie, et tout irait bien.

La salle d'eau jouxtait la chambre. Elle était minuscule – la cabine d'ascenseur de son appartement de Manhattan était plus grande –, mais la douche était étonnamment spacieuse, et il trouva une serviette propre pliée sur une pile, dans un panier d'osier.

Il ouvrit le robinet, entra dans la cabine et laissa l'eau chaude couler sur sa nuque.

Il aurait dû rester au bar. Il n'avait pas eu envie de faire la fête et il détestait les bateaux. Mais tout le monde avait voulu aller sur le yacht. De plus, Carrie était partie en trombe, et il n'avait pas voulu rester seul, pour ne pas laisser certaines pensées revenir le hanter.

Quand il était enfant, tout le monde pensait qu'il souffrait d'un trouble de l'attention avec hyperactivité. De fait, il en avait certains symptômes. Mais bouger était pour lui un moyen de garder une longueur d'avance. Il prenait des risques, aussi, comme il l'avait fait ce matin-là, en sautant du yacht. Des risques inutiles, stupides, qui inondaient son corps et son cerveau d'adrénaline. Et quand il n'y avait pas de risques à prendre, il faisait la fête pour pouvoir être entouré de gens et faire comme si rien de ce qu'on pensait de lui ne le touchait. Pour oublier que ses parents ne l'aimaient pas.

La seule personne dont l'avis comptait, c'était son grand-père.

Il se savonna le torse et sentit son cœur battre sous ses doigts.

Le monde entier connaissait le magnat du pétrole, John D. Walcott. L'homme qui avait transformé une petite affaire familiale en une entreprise célèbre dans le monde entier. Une multinationale dans le monde moderne. Pour Jack, cet homme était simplement « grand-père ». Toujours présent, ferme mais juste, tolérant, bienveillant, d'une patience infinie.

Pourtant, sa patience avait atteint ses limites, deux mois plus tôt. Il revit la déception dans son regard.

Jack sortait d'une réunion lors de laquelle sa proposition d'investissement dans les énergies renouvelables avait été, une fois de plus, repoussée aux calendes grecques. Il était contrarié et frustré par la lenteur d'escargot avec laquelle le groupe Walcott s'engageait dans la transition énergétique. Il avait alors parcouru négligemment et non sans une certaine impatience un rapport géologique auquel il aurait dû accorder une attention minutieuse avant de signer un accord.

Quand on s'était aperçu de l'erreur qu'il avait laissée passer dans le rapport, il était trop tard. Les contrats avaient déjà été signés, et il avait fallu rembourser les clients.

Pour couronner le tout, lorsque la nouvelle avait été rendue publique, il était en train de faire la fête dans les îles Turques-et-Caïques.

Cela avait été le coup de grâce pour John D. Walcott IV.

Il avait convoqué l'aîné de ses petits-enfants et lui avait dit sans ambages qu'il fallait qu'il grandisse. Et que tant qu'il ne ferait pas preuve de la maturité requise de la part d'un futur héritier du groupe, le poste de P-DG ne lui était plus réservé d'office. Aussi avait-il dû démissionner sur-le-champ et vider son bureau. Il aurait ainsi du temps pour réfléchir à sa vie, à son mode de vie et à son avenir.

Jack regarda l'eau tourbillonner dans la bonde.

Sur le moment, il avait été choqué, incrédule, puis il s'était senti furieux. Mais surtout, il avait souffert, bien plus intensément qu'il ne l'aurait imaginé, que son grand-père fasse preuve d'une objectivité froide plutôt que de son affection indulgente habituelle. Il ne s'était pas imaginé que cela le toucherait autant. C'était pourtant le cas, notamment parce qu'il était fautif et qu'il s'en voulait d'avoir déçu la seule personne qui l'ait jamais considéré.

Certes, son grand-père ne restait jamais en colère très longtemps. Mais la déception ne produisait pas les mêmes effets que la colère. Son grand-père l'aimait, mais cela ne signifiait pas qu'il lui faisait confiance. Pour retrouver le poste de P-DG, il allait devoir regagner sa confiance, lui prouver qu'il était capable, le rendre de nouveau fier de lui.

Il repensa à la soirée de la veille. Il avait fait la fête sur un yacht et avait rompu avec la femme avec qui il sortait. Et ce matin-là, il s'était jeté à l'eau et avait manqué se noyer.

Bravo, Jack ! C'est du bon travail !

Le moment où la mer s'était refermée au-dessus de sa tête lui revint en mémoire. Son cœur se mit à battre la chamade. Le souffle coupé, il prit appui contre le carrelage de la douche et tâcha de respirer amplement tandis que toutes les répercussions possibles de ses actes insensés lui revenaient en plein visage, telle une vague scélérate.

Sauter d'un yacht était la chose la plus idiote qu'il ait jamais faite de sa vie. Étant donné qu'il ne savait pas nager, c'était aussi terriblement dangereux.

Il frissonna. Sur le moment, cela ne lui avait pas paru dangereux mais nécessaire. La vue d'une photo de sa mère et de son demi-frère avait suscité en lui une torpeur qu'il connaissait bien. Il avait eu l'impression de disparaître. Il avait alors eu besoin que quelque chose le ramène à la réalité, emplisse le vide présent dans sa poitrine. Alors il s'était jeté à l'eau.

Le plus idiot, c'était qu'il avait totalement oublié le fait qu'il ne savait pas nager. C'était tellement improbable qu'il n'ait toujours pas appris !

Il eut un haut-le-cœur en ressentant de nouveau la masse de l'eau, le goût de la peur dans sa bouche, le sang battant à ses tempes...

Il ferma le robinet et sortit de la douche. Il se rhabilla et retourna dans la chambre où il avait dormi. Si seulement il avait des chaussures normales à mettre ! Au moins ses vêtements étaient-ils secs ; et les taches de sang, sur sa chemise, d'un rouge un peu moins vif.

— Vous êtes réveillé.

Il se retourna. Ondine se tenait dans l'encadrement de la porte. Il sentit son pouls accélérer.

Elle s'était changée. Elle portait à présent une robe en coton qui parvenait à la fois à couvrir et à révéler les courbes de son corps. Il avait beau se dire qu'elle n'était pas son genre, il eut toutes les peines du monde à détourner le regard.

— J'ai pris une douche. J'espère que cela ne vous dérange pas.

— Bien sûr que non. Je vous avais laissé des serviettes propres. Et j'ai pensé que vous auriez soif.

Elle avait, dans une main, un verre d'eau et, dans l'autre, une tasse fumante.

— Je ne savais pas si vous auriez envie de chaud ou de froid, alors j'ai apporté les deux. Buvez au moins l'eau. Il faut vous réhydrater.

Sa voix exprimait la même neutralité prudente que son visage, mais il saisit une lueur d'inquiétude dans son regard.

— Vous avez mal à la tête ? Des vertiges ? poursuivit-elle.

— Non, rien de particulier. Je vais commencer par le café.

La douche l'avait débarrassé du sel sur sa peau, mais chaque inspiration lui ramenait le goût de la mer à l'esprit. Il porta la tasse à ses lèvres.

— Votre frère est étudiant en médecine ? demanda-t-il en indiquant la bibliothèque. En quelle année ?

Elle le regarda d'un air dénué d'expression.

— Il n'a pas commencé. Il a pris une année sabbatique pour travailler dans une ONG au Costa Rica.

Elle s'interrompit, manifestement désireuse de garder pour elle sa vie privée.

— Dans quelle faculté a-t-il été pris ?

— Stanford, répondit-elle avec une pointe de fierté.

Jack sentit son cœur se serrer à l'idée que sans doute personne n'avait jamais parlé de lui avec fierté. Ou si son grand-père l'avait fait, c'était du passé.

Il but une gorgée de café et grimaça.

— Vous voulez du désinfectant ? demanda-t-elle en indiquant la coupure qu'il s'était faite sur la lèvre.

Il secoua la tête.

— Il faut juste que je fasse un peu attention.

— Cela me paraît être une bonne idée, dit-elle non sans ironie. Dites-moi pourquoi vous vous êtes battu.

Battu ? Il ne s'imaginait pas avoir pu lui parler d'une bagarre. De toute évidence, il se trompait. Et, de toute façon, cela paraissait si lointain, si insignifiant.

— Pour rien...

La soirée avait bien commencé. Ils étaient allés au Blackjacks, où tout le monde avait dansé en buvant des whiskys citron. Tout le monde sauf lui. Il en mourait d'envie, ce qu'il avait justement interprété comme le signe qu'il ferait mieux de ne pas boire d'alcool.

Puis Harry avait sorti des cachets.

Il n'avait pas compris pourquoi, puisqu'il n'en avait jamais ni consommé ni apporté, mais Lizzie, la petite amie de Harry s'en était pris à lui, lui reprochant son « attitude » et son « comportement » qui, de toute évidence, n'étaient pas à la hauteur. Comme si cela n'avait pas suffi, Carrie s'en était mêlée. Il ne se rappelait pas chacun de ses mots, mais l'idée générale était qu'il était irresponsable, égoïste, qu'il prenait de piètres décisions dans la vie et qu'elle plaignait sa mère.

La tension de ses épaules gagna le reste de son dos. La simple pensée de sa mère avait suffi à rouvrir le trou béant dans sa poitrine. C'est ce qui l'avait décidé à en finir.

Il sentit le regard d'Ondine sur son visage et leva la tête.

— Harry a dit un truc idiot à propos de Maeve, la petite amie de Sam. Il aurait simplement dû présenter ses excuses, mais tout le monde était passablement éméché, il était défoncé, et Sam s'est jeté sur lui. Mais c'est moi qui ai reçu le coup de poing, et Maeve a complètement déraillé ; elle a fini par dire à Lizzie que Harry était sorti avec une serveuse, la semaine dernière...

Autrement dit, ça avait été une soirée plutôt ordinaire, mais racontée de cette manière elle lui parut aussi dénuée de sens que d'intérêt. Il sentit la fatigue lui tomber sur les épaules, comme s'il n'avait pas dormi du tout, et une tension lui comprimer la poitrine. Pour s'en libérer, il jeta un coup d'œil entendu à Ondine et sourit.

— Ce n'était pas vous, j'espère ?

— Pardon ?

Ondine ne rit pas. Elle n'eut l'air ni vexée ni agacée. Seulement sérieuse.

— Je plaisantais, dit-il en levant les mains.

— Vous plaisantiez ? Cela vous amuse de mentir aux gens ? demanda-t-elle alors que ses joues s'empourpraient.

— Je n'ai pas menti, dit-il, perplexe.

Elle releva le menton.

— À la plage, je vous ai demandé si vous aviez bu ou pris de la drogue et vous m'avez répondu non. Vous avez dit la même chose au médecin de l'hôpital. Et maintenant, vous me dites que tout le monde était « passablement éméché » ou « défoncé » ?

Il eut un mouvement d'impatience et éprouva un sentiment d'injustice.

— Tout d'abord, mademoiselle anti-drogue, en quel honneur vous faites-vous juge et partie ? Ensuite, je n'ai menti ni à vous ni au médecin. Je n'ai rien pris. Et, de toute manière, cela ne vous regarde pas.

— Dans ce cas, qu'est-ce qui vous a pris de sauter à l'eau tout habillé ?

Elle le fixait de ses yeux bleus comme la mer, et il revit le moment de l'impact. Il avait éprouvé un certain soulagement à l'idée d'avoir enfin à se battre pour quelque chose de réel. Il avait commis un acte de folie pure. Mais il pensait être seul, sur le moment. Il eut un peu honte qu'elle ait été le témoin d'un moment de désespoir.

— Et, en fait, cela me regarde, dans la mesure où c'est moi qui suis venue vous repêcher.

Elle secoua la tête.

— Si je puis me permettre un conseil, Jack, la prochaine fois que vous avez envie de faire n'importe quoi, faites en sorte de ne pas finir à l'hôpital.

Il sentit la colère monter en lui.

— Je n'ai pas de conseils à recevoir d'une serveuse maître-nageuse.

Elle se figea, et il regretta aussitôt ses paroles. L'idée qu'elle l'ait vu sauter du bateau lui avait fait perdre toute réserve et toute considération.

— Pour qui vous prenez-vous ? s'exclama-t-elle, à juste titre.

Je crois que vous feriez mieux de mettre de l'ordre dans votre vie avant de venir critiquer la mienne.

Elle recula d'un pas. Il était allé trop loin, comme d'habitude. Il sentit qu'elle s'éloignait de lui, et pas seulement physiquement. Toute l'assurance qu'il avait ressentie quand elle avait attendu avec lui à l'hôpital et qu'elle s'était assise à son chevet s'était évanouie.

— Ondine, dit-il, sentant la panique s'emparer de lui. Ondine, s'il vous plaît, ne partez pas. Je ne sais pas ce qui m'a pris. Je ne pensais pas ce que j'ai dit...

Ondine s'arrêta. Ses jambes lui donnaient l'impression d'avoir pris racine sur dans plancher – le plancher qu'Oli et elle avaient peint quand ils étaient arrivés dans l'appartement. Elle scruta le visage de Jack. Il était pâle. Ses cheveux étaient mouillés, comme lorsqu'elle l'avait sorti de l'eau. Est-ce ce qui lui donna envie de lui apporter aide et réconfort ? À moins que ce soit quelque chose dans sa voix, un effort, une difficulté à parler. Quoi qu'il en soit, elle ne pouvait pas le laisser dans cet état.

— Je ne pars pas, dit-elle calmement.

Il s'assit brusquement sur le lit, comme si ses jambes ne le soutenaient plus. Le contrecoup de tout ce qu'il lui était arrivé, sans doute. Un sentiment de culpabilité s'empara d'elle. Elle avait préféré imaginer qu'il n'éprouvait pas grand-chose pour pouvoir garder ses distances. À présent, elle comprenait à quel point voir la mort en face l'avait effrayé.

— Tenez, dit-elle en lui tendant le café.

Après une légère hésitation, elle s'assit sur le lit à côté de lui.

— Voulez-vous que j'appelle quelqu'un ? Votre médecin de famille ? Vos parents ?

Il secoua la tête.

— Non, merci. Je ne veux appeler personne. Tout va bien.

C'était faux, tout n'allait pas aussi bien qu'il le prétendait.

Il avait simplement mis du temps à réagir à ce qui lui était arrivé. Pourquoi ?

— Tout va bien physiquement, mais il faut peut-être que vous parliez à quelqu'un de ce qui s'est passé.

— Est-ce que je peux vous parler, à vous ?

Sa voix était toujours un peu poussive.

— Je pensais plutôt à un professionnel.

Il secoua de nouveau la tête.

— Mais vous, vous êtes là. Avec moi.

L'espace d'un instant, elle se remémora le moment où ses poumons s'étaient mis à la brûler, le poids du corps de Jack. Elle sentit sa main serrer la sienne et comprit qu'il pensait à la même chose.

— Vous êtes la seule à savoir ce qui s'est passé. Ce que j'ai vécu. Il n'y a que vous et moi…

Ils se regardèrent dans les yeux. Dehors, le soleil brillait, on entendait le cri des mouettes, mais tout cela paraissait être éloigné, très, très loin. En cet instant, il n'y avait plus que lui et elle, ainsi que cette attirance implacable et mutuelle qu'elle ne pouvait ignorer plus longtemps.

Jack était beau comme un dieu. Le cœur tambourinant dans sa poitrine, elle tendit la main, lui caressa la joue.

— Vous et moi, répéta-t-elle avant de se pencher et de l'embrasser.

Ses lèvres étaient fermes et chaudes, et elle eut l'impression qu'ils s'étaient déjà embrassés non pas une fois mais des centaines, des milliers de fois.

Ce baiser ne ressemblait pas au premier, bref, spontané, impulsif. Non, ce baiser était brûlant, comme le désir qui les animait l'un et l'autre.

Elle sentit la main de Jack glisser autour de sa taille et l'attirer contre lui.

— Pas ici, murmura-t-elle. Viens dans ma chambre.

Ils sortirent de la chambre d'Oliver collés l'un à l'autre et gagnèrent la sienne en se cognant contre les murs, dans l'urgence. Sans cesser de l'embrasser, Jack entrouvrit sa robe puis dégrafa son soutien-gorge qu'il laissa tomber sur le sol. Il prit ses seins dans ses mains et, des pouces, en caressa les pointes. Ondine poussa un gémissement de plaisir.

Ils se remirent à s'embrasser avec fougue. Leurs souffles s'entremêlaient. Elle déboutonna son pantalon et libéra son sexe qu'elle prit dans sa main.

— Attends, dit-il d'une voix rauque en la prenant par le poignet. Je n'ai pas de...

— J'en ai, le coupa-t-elle.

Était-ce vrai ? Il y avait tellement de temps qu'elle n'en avait pas utilisé ! La dernière fois, c'était avec Garrett, avant leur mariage. Mais ce n'était pas à lui qu'elle avait envie de penser en cet instant précis. Elle ouvrit un tiroir en haletant. Puis un autre.

Elle était certaine d'avoir des préservatifs quelque part...

Elle poussa un soupir de soulagement en en trouvant une boîte, qu'elle faillit laisser tomber en sentant les mains de Jack sous sa robe. Il fit glisser sa culotte le long de ses cuisses puis l'attira sur le lit, bouche contre bouche, tandis qu'elle tentait frénétiquement de sortir un préservatif de son étui.

— Donne, dit-il en lui prenant le préservatif des mains pour l'enfiler.

Il la souleva pour qu'elle s'asseye à califourchon sur lui et entra en elle lentement, en prenant son temps, en la faisant attendre, en la laissant apprécier chaque centimètre de son sexe dressé.

Alors, il se mit à bouger en elle à un rythme rapide et enivrant qui lui fit tourner la tête. Puis ses doigts trouvèrent son clitoris. Ondine laissa échapper un cri et se pencha pour l'embrasser, tandis qu'il entrait et sortait de plus en plus vite, jusqu'à ce qu'elle crie et se cambre, le souffle coupé.

Un battement de cils plus tard, il lui saisit les poignets et sa bouche s'entrouvrit, laissant échapper un râle au moment où son corps tout entier se tendait.

Il se laissa tomber sur le dos en l'entraînant dans ce mouvement. Elle se laissa tomber sur lui. Sa peau luisait de sueur. Leur sueur. Et elle avait les joues en feu.

Que venait-elle de faire ? Question rhétorique. Elle savait pertinemment ce qu'elle venait de faire. Elle venait de coucher avec Jack Walcott. En d'autres termes, elle venait de commettre la plus grossière erreur de sa vie.

D'accord, peut-être pas la plus grossière, se dit-elle en pensant à ses deux mariages ratés.

Mais c'était en tout cas une erreur.

Elle tourna la tête pour ne plus avoir le visage de Jack dans son champ de vision. Mais son regard glissa sur les vêtements éparpillés sur le sol, arrachés à leurs corps excités et affamés.

Elle tenta de se dégager doucement de ses bras.

— Où vas-tu ? demanda-t-il en posant la main sur sa cuisse.

Tant que la main de Jack serait là, Ondine serait incapable d'une quelconque pensée rationnelle. Elle se leva si promptement qu'elle manqua trébucher.

— Dans la salle d'eau, dit-elle. Je te laisse te rhabiller et...

Sans terminer sa phrase, elle ramassa ses vêtements et rejoignit la salle d'eau.

Elle prit alors appui sur le bord du lavabo et se regarda dans le miroir. Qu'est-ce qui lui avait pris ? Pourquoi continuait-elle à commettre ce genre de bêtises ? Ses mains tremblaient sur la porcelaine blanche et fraîche. Depuis son second divorce, elle était seule. Elle n'était pas franchement heureuse, mais elle se concentrait sur l'avenir d'Oli et s'efforçait d'éponger les dettes que Vince avait accumulées en leur nom. Les hommes et le sexe ne faisaient pas partie de ses projets pour la simple raison qu'elle avait du mal à se faire confiance. Et, jusque-là, il avait été étonnamment facile de résister à la tentation.

Jusqu'à ce qu'elle croise Jack Walcott et son regard doré, tellement beau que c'en était presque douloureux. Elle scruta son reflet et pensa à ce qu'ils venaient de faire. Elle le revit lui prendre le préservatif des mains. Il devait certainement avoir beaucoup d'expérience en la matière.

Elle sentit la chaleur lui monter aux joues, un peu honteuse de sa gaucherie. Au moins avait-elle trouvé les préservatifs. Elle n'était pas sûre sinon, vu l'intensité du désir qu'elle avait éprouvé pour lui, qu'elle n'aurait pas commis une bêtise encore plus grosse.

— Ondine ? dit Jack en frappant à la porte. Tout va bien ?

Elle se figea.

— Oui, ça va. Je te retrouve en bas.

Elle prit une profonde inspiration et enfila ses vêtements. Elle n'aurait jamais dû le laisser venir chez elle – pas après ce qui s'était passé sur la plage. De toute évidence, l'adrénaline sécrétée ce matin-là avait eu raison de la réserve qu'ils auraient eue, en d'autres circonstances, vis-à-vis d'une personne qu'ils ne connaissaient pas.

Mais c'était fait. L'étape suivante consistait à faire sortir Jack de chez elle et à le ramener à l'hôtel le plus vite possible.

Il se tenait debout dans la cuisine, de dos, face au plan de travail.

— Qu'est-ce que tu fais ? demanda-t-elle en le voyant trier les enveloppes brunes.

— Je m'amuse, répondit-il.

— Tu permets ?

Elle le poussa, lui prit les enveloppes des mains et en fit une pile.

— Tu as beaucoup de factures à payer.

— Et toi, tu as beaucoup de sans-gêne.

Elle lui fit face.

— Le fait qu'on ait couché ensemble ne t'autorise pas à fouiller dans mes affaires, dit-elle, agacée.

Elle ouvrit un tiroir, y fourra les enveloppes et le referma brusquement. Lorsqu'elle se retourna, il la regardait, impassible.

— Ce n'est pas en les cachant dans un tiroir que tu vas régler le problème.

— Je ne vois pas en quoi la manière dont je règle mes problèmes te regarde, rétorqua-t-elle.

Jack, adossé au plan de travail, demeura silencieux un moment.

— Cela pourrait, finit-il par dire.

Elle lui jeta un regard noir.

— Je crois qu'il est temps de partir.

Elle prit ses clés de voiture et s'écarta pour le laisser passer. Mais il ne bougea pas d'un centimètre. Il continuait à la fixer.

— Que dirais-tu si je pouvais faire disparaître ces factures en un clin d'œil ?

— Je dirais que tu as probablement besoin de retourner à l'hôpital pour faire un scanner, répondit-elle sèchement.

Il sourit – un sourire bref, dévastateur, qui lui coupa le souffle.

— J'aurais sans doute dit la même chose, un autre jour. Mais aujourd'hui, c'est ton jour de chance. J'ai une proposition à te faire. J'ai besoin d'une chose que tu es en mesure de m'apporter. Un service à te demander, en quelque sorte.

Il se tut un instant, comme pour observer sa réaction.

— Si tu acceptes de me rendre ce service, je te récompenserai très généreusement.

Le silence régnait dans la pièce. Ondine avait le feu aux joues.

— As-tu l'intention de me payer pour que je couche avec toi ?

Il la regarda d'un air étonné. Puis son visage se détendit.

— Non. C'était très agréable de coucher avec toi, mais ce n'est pas l'idée. Encore que...

Elle le coupa.

— Quelle est l'idée, alors ?

— Je voudrais que tu te maries avec moi.

3

— Cela t'amuse ? demanda Ondine.

— Ce n'est pas une plaisanterie. Je suis on ne peut plus sérieux.

— C'est ça ! dit-elle, excédée. Tu t'es rendu compte, comme ça, d'un coup, que tu étais amoureux de moi et qu'il fallait qu'on se marie ?

Elle regarda le bouquet de roses blanches qui se trouvait derrière lui et dont le romantisme accentua l'amertume du ton de sa voix.

— C'est presque ça, répondit-il en regardant la mer, au loin, par la fenêtre. En fait, ce que je veux, c'est que les gens le croient.

Elle comprenait de moins en moins où il voulait en venir. Peut-être avait-il vraiment besoin de retourner à l'hôpital.

— Je ne comprends pas ce qui t'inquiète, dit-il doucement. C'est toi qui m'as donné cette idée.

— Moi ? répéta-t-elle, tandis que son cœur faisait un bond dans sa poitrine.

Jack la fixa de nouveau.

— Tu as dit que le mariage était bénéfique pour les hommes. Et que cela les rendait plus dévoués, plus responsables et plus mûrs aux yeux des gens.

— Et c'est pour ça que tu as envie qu'on se marie ? À cause d'un commentaire que j'ai fait en passant ?

Il secoua la tête.

— Je n'ai pas *envie* qu'on se marie. Mais j'ai *besoin* d'être marié. Pas pour longtemps, un an ou deux, tout au plus. Il faut que j'étudie la chose d'un peu plus près…

— Ce n'est pas la peine, dit-elle en le repoussant, les mains sur son torse. Parce qu'il est grand temps que tu rentres à l'hôtel…

Mais cela revint à parler à un mur.

— Écoute, Ondine, je comprends que tu trouves cela bizarre…

— Je trouve ça bizarre parce que *c'est* bizarre. C'est complètement dingue. *Tu* es complètement dingue.

Il ne bougea toujours pas. Elle retira les mains.

— Pas si dingue que ça. Un peu extravagant, j'en conviens. Mais assez logique, si on y réfléchit. Et ce serait très pratique pour toi comme pour moi, ajouta-t-il comme s'il lui proposait de faire du covoiturage pour aller au bureau. Tu as besoin d'argent, et moi, j'ai besoin d'une épouse.

— « Extravagant », ce serait aller au supermarché en robe de soirée. Et personne n'a *besoin* d'une épouse, Jack. Plus au XXIe siècle, en tout cas. Et, en ce qui me concerne, je n'ai pas non plus besoin d'un mari. J'en ai déjà eu deux, cela me suffit.

Elle pensait que cette dernière phrase l'arrêterait dans son élan, mais Jack se contenta de s'adosser au plan de travail sans paraître particulièrement perturbé.

— Tu es donc experte en la matière.

— Il faut croire que non, sans quoi je serais toujours mariée.

— C'est que tu n'as pas trouvé l'homme qu'il te fallait.

Elle n'en revenait pas.

— Tu t'imagines vraiment que c'est toi qu'il me faut ?

Il la regarda un long moment.

— Pour être honnête, je crois que oui.

Il pencha la tête et sourit.

— Nous n'avons rien en commun, et ni toi ni moi n'avons envie de nous marier. C'est justement pour ces raisons que le mariage pourrait être bénéfique pour nous deux.

Il la fixa de ses yeux pailletés.

— Réfléchis-y. Tu n'aurais plus de problèmes d'argent. Plus de dettes. Plus de doubles journées de travail.

Plus de dettes, un seul emploi. Elle laissa cette éventualité se frayer un chemin dans son cerveau. Les yeux dorés de Jack étaient toujours fixés sur elle. Il avait l'air calme et content de lui, et la suffisance des gens qui ont l'habitude de remporter toutes les batailles.

Elle croisa les bras.

— Et toi ? Qu'est-ce que tu y gagnerais ? Pourquoi as-tu tant besoin d'une femme ?

— Tu n'as pas à t'inquiéter de ça.

— Dans ce cas, cesse de me faire perdre mon temps.

Elle avait découvert, à ses dépens, que l'emploi du temps des autres prenait le pas sur le sien. Et décidé que cela devait cesser.

— Mon grand-père dirige l'empire qu'il a fondé mais il a quatre-vingt-deux ans. Il est en train de préparer sa succession, et la personne qui va le remplacer, le temps venu, c'est moi.

— Félicitations ! Mais je ne vois pas le rapport avec le mariage.

— Il n'y en a pas. Pas directement, du moins.

Il soupira.

— Je ne veux pas t'ennuyer avec les détails mais, en résumé, j'ai commis une faute professionnelle. Il faut que je regagne la confiance de mon grand-père. Que je lui montre que je suis sérieux, que j'ai mûri. Que je suis à même de prendre les bonnes décisions.

Elle pouffa, d'un petit rire nerveux.

— Et tu trouves que demander en mariage une parfaite inconnue est un signe de sérieux, de maturité et de discernement ?

— Tu n'es pas une parfaite inconnue, répondit-il, suscitant en elle un regain de désir.

— On a couché ensemble, Jack. C'est tout.

Elle s'en voulut de ces derniers mots. « C'est tout », cela donnait l'idée que ce qui s'était passé était superficiel et banal, ce qui n'était pas le cas. Pas pour elle, en tout cas. Cela avait changé l'idée qu'elle se faisait du sexe.

Elle se sentit rougir. Jack la regardait toujours.

— Cela ne signifie pas que nous nous connaissions.

— D'accord, d'accord. Nous ne nous connaissons pas, mais ce n'est pas un problème. C'est, au contraire, la solution. Nous serons comme des passagers d'un train, qui ne se connaissent pas.

Elle eut l'impression qu'elle allait exploser. La situation était démente. Que faisait-elle là, à avoir cette conversation sans queue ni tête ?

— Je ne vois pas en quoi ce peut être un avantage.

Le visage de Jack exprima soudain une certaine impatience.

— Je te propose simplement une stratégie qui nous permettra de résoudre ensemble des problèmes que nous ne pouvons pas résoudre chacun de notre côté.

— Je n'ai pas besoin de toi pour résoudre mes problèmes, rétorqua-t-elle.

— Dans ce cas, pourquoi as-tu autant de factures impayées ? demanda-t-il en rouvrant le tiroir.

Parce que mon premier mari m'a quittée quand il a compris que je ne pourrais pas avoir d'enfants, que je me suis sentie moche, incapable et inutile, et que j'ai épousé le premier homme qui m'a fait rire après ça. Mais ce dernier aimait bien s'amuser, et comme l'idée d'affronter un deuxième divorce me faisait trop peur, j'ai fermé les yeux sur le fait que nous dépensions plus que nous ne gagnions.

Mais cela ne regardait pas Jack Walcott.

— Ce sont de vieilles factures. La plupart d'entre elles ont été réglées.

— Dans ce cas, accepte mon argent et pars en croisière. Achète-toi une voiture neuve. Si ton seul argument est que tu n'as pas de problèmes financiers, tu trouveras des manières de dépenser l'argent que je te donnerai.

Elle leva les yeux au ciel.

— Qui va croire que nous sommes tombés amoureux l'un de l'autre ?

En fait, tout le monde verrait qu'elle était amoureuse de lui, mais les hommes comme Jack Walcott n'épousaient les serveuses et les surveillantes de piscine que dans les films.

— Penses-tu vraiment que ton grand-père va y croire ?

— Mon grand-père est un grand romantique, et je peux me montrer très convaincant. Arrête de tourner le problème dans tous les sens. Ce serait peut-être plus facile pour toi de considérer ma proposition comme une offre d'emploi.

— J'ai déjà un emploi.

— Tu en as deux, même. Tous les deux mal payés et sans grand avenir.

Il jeta un coup d'œil dans la cuisine.

— Tu pourrais changer de vie, Ondine. Tu pourrais changer la vie de ton frère. Si tu ne le fais pas pour toi, fais-le pour lui.

L'espace d'un instant, elle se vit dans les yeux de Jack et éprouva un sentiment de honte. Autant d'échecs en si peu de temps...

Puis la colère remplaça la honte. Comment se permettait-il de la juger alors que tout ce qu'il possédait lui avait été apporté sur un plateau d'argent ? D'or, plus vraisemblablement.

— Mon frère n'a pas besoin de ton argent. Et que sais-tu de ma vie ?

Sa jolie bouche se remit à sourire.

— Je sais que tu as deux ex-maris, deux métiers et assez de factures pour retapisser tout ton appartement. Dois-je savoir autre chose ?

— Non. Et je n'ai plus rien à dire non plus, dit-elle froidement. Je vais t'appeler un taxi.

Il la regarda l'air songeur.

— Tu sais où me trouver, finit-il par déclarer. Je te demanderai simplement d'être discrète...

Elle ouvrit la porte en grand.

— Je te laisse attendre dehors. Au revoir, Jack.

Allongée sur le côté, Ondine replia les jambes et serra la couette contre elle. Cela faisait une heure que Jack était parti. Il lui restait deux heures avant de retourner travailler à l'hôtel. Deux heures qui ne seraient pas de trop pour comprendre ce qui venait de se passer. Et pour chasser de son esprit la pensée de Jack et de son idée délirante.

Il était persuadé de la connaître alors qu'il ne savait rien d'elle. Il ne savait rien de ce dont elle avait besoin.

Elle sentit le désir monter en elle. Si, en fait, il savait en partie, mais cela ne comptait pas. Car cela n'aurait jamais dû arriver.

Son téléphone se mit à sonner. Elle regarda l'écran et sourit.

— Oli ? C'est toi ? Tu m'entends ?

— Oui, je t'entends.

Au ton de sa voix, il semblait content.

— Comment ça va ? Tout se passe bien ?

— Oui, tout va bien. Hier, j'ai vacciné une centaine d'enfants et aujourd'hui j'ai assisté à un accouchement.

Elle éprouva une bouffée d'amour et de fierté.

— C'est incroyable.

— Oui, je te raconterai quand on aura plus de temps. Et toi, ça va ? Tu as fait réparer ta voiture ? Dolores et Hércules vont bien ?

— Oui, ils vont bien, et non, je n'ai pas fait réparer la voiture. À part ça, rien de neuf, prétendit-elle. Je suis toujours serveuse et toujours maître-nageuse.

Et, accessoirement, j'ai couché avec un homme que j'ai sauvé de la noyade.

— Tu me manques..., dit Oliver.

Une boule se forma dans sa gorge.

— Toi aussi, tu me manques. Mais je suis contente que tout aille bien pour toi.

Elle l'entendit prendre une profonde inspiration. Quand il reprit la parole, sa voix était plus calme, plus sérieuse.

— Je ne t'ai rien dit avant de partir, mais je me demandais si j'avais pris une bonne décision en venant ici. En fait, tout est exactement comme je l'imaginais, mieux, même...

Sa voix lui parvint hachée.

— Oli, tu es là ?

Pour toute réponse, elle entendit la tonalité de la ligne qui avait été coupée. Cela arrivait souvent. En général, il la rappelait.

Le téléphone se remit à sonner.

— Oli ?

— Ondine ?

Ce n'était pas son frère. Elle reconnut la voix de Vince, son ex-mari.

— Comment vas-tu ? demanda-t-il.

Elle sentit ses épaules se raidir.

Je me sens pauvre, idiote, seule, pensa-t-elle.

— Ça va, répondit-elle. Je suis assez occupée.

— C'est bien, dit Vince.

Elle plissa le front. Cela faisait presque un an qu'elle n'avait pas eu de ses nouvelles. Et qu'il ne lui avait pas demandé des siennes non plus. Ils avaient l'un et l'autre tourné la page. S'il l'appelait, c'était sans doute qu'il n'avait pas mieux à faire. Ou qu'il avait besoin d'argent.

— Vince, j'attends un appel important. Il vaut mieux qu'on se rappelle à un autre moment.

Ou jamais.

— En fait, c'est assez urgent. Il faut que je te parle d'une chose. Je ne pensais pas que cela se passerait comme ça. Je pensais que c'était un bon investissement, sans quoi je ne me serais jamais lancé là-dedans...

Un frisson lui parcourut l'échine.

— De quoi est-ce que tu parles, Vince ?

— De l'argent pour payer l'université d'Oli. Il n'y a plus rien. Je suis désolé. Vraiment désolé.

C'était donc cela.

Le souffle coupé, Ondine rentra son chemisier dans sa jupe et enfila ses chaussures. Vince avait mis une heure à lui expliquer ce qui s'était passé. Une heure pour réduire l'avenir d'Oliver en cendres.

Vince n'était pas le seul responsable. Elle lui avait demandé de l'aider à placer son argent. Elle aurait dû y regarder de plus près, se renseigner et surveiller l'évolution de la situation, mais elle ne l'avait pas fait.

Quand l'enthousiasme de Vince à dépenser s'était révélé plus préoccupant que charmant, elle s'était félicitée d'avoir mis de côté de l'argent sur un compte bloqué. Il ne lui était jamais venu à l'esprit que des investissements puissent lui faire perdre de l'argent. Il n'y avait plus rien à faire. Elle avait appelé l'université, mais toutes les bourses avaient déjà été attribuées. On lui avait expliqué qu'Oli devrait faire une nouvelle demande l'année suivante – sans garantie qu'elle soit acceptée.

Elle eut l'impression que la boule dans sa gorge grossissait et alla chercher un verre d'eau. Il fallait qu'elle aille travailler. Pourvu qu'elle ne croise pas Jack Walcott à l'hôtel. Peut-être pourrait-elle se faire porter pâle...

Mais ce serait renoncer aux pourboires d'une soirée, dont elle pouvait difficilement se passer. Chaque centime comptait. Mais même avec deux emplois, elle avait du mal à éponger ses dettes, notamment parce que les factures continuaient à tomber.

Elle revit Jack ouvrir le tiroir de la cuisine. « Plus de problèmes d'argent », avait-il dit. Elle sentit la chaleur de son regard posé sur elle. Et de sa bouche dans son cou.

L'effet qu'il avait sur elle était indécent. Et dangereux. Elle serait mal avisée de passer ses journées avec lui et, à plus forte raison, de *se marier* avec lui.

Quelle était l'alternative ? Elle pourrait aller voir son banquier. Mais elle ne gagnait pas des mille et des cents, même avec les pourboires et toutes les heures supplémentaires qu'elle faisait. Il lui restait cinq mois avant le début des cours à l'université, cinq mois pour retrouver de quoi payer les frais de scolarité d'Oli.

Elle eut l'impression que son cœur allait exploser.

Serait-il sensé d'accepter la proposition de Jack ? De se marier avec lui ?

Non, ce serait insensé. Jack était un homme irresponsable et arrogant.

Et riche.

Mais surtout irresponsable et arrogant. De plus, elle avait déjà été mariée deux fois et avait divorcé deux fois. Comment allait-elle pouvoir faire semblant ?

C'était simple : Oli avait besoin de cet argent.

Vingt minutes plus tard, la boule au ventre, elle parcourut discrètement du regard les jardins de l'hôtel, en direction des bungalows.

« Tu sais où me trouver », avait-il dit. Quel homme hautain et détestable ! Mais il avait raison. Comme n'importe quelle femme présente dans l'hôtel, elle savait exactement où Jack Walcott se trouvait, en effet.

Elle s'arrêta devant la porte de son bungalow et frappa sans se laisser le temps de changer d'avis. La porte s'ouvrit. Elle déglutit péniblement. Jack était torse nu et il avait l'air de quelqu'un qu'on vient de réveiller.

— Entre.

Elle hésita.

— Tu veux faire ça sur le seuil de la porte ?

Elle n'avait pas envie de faire *ça* du tout, mais ses envies passaient après ses problèmes financiers.

— Qu'est-ce que je peux faire pour toi ? demanda-t-il en refermant la porte derrière elle.

— Ta proposition est-elle toujours d'actualité ?

Sa question fut suivie d'un bref silence. Elle regarda le sourire se former lentement sur ses lèvres et eut envie de tourner les talons.

— Elle l'est.

— Dans ce cas, je l'accepte. J'accepte de me marier avec toi.

Elle prit une profonde inspiration pour tenter de se calmer.

— Et voilà la somme dont j'ai besoin, ajouta-t-elle en lui tendant un bout de papier.

Il lut le papier sans changer d'expression.

— C'est comme si c'était fait.

Un silence pesant s'ensuivit.

— Et j'aurais besoin d'une partie maintenant. Disons, la moitié.

Jack regarda les gens qui traversaient le hall. Le tribunal de Miami-Dade était étonnamment bondé pour un mercredi. À moins qu'il souffre de claustrophobie en ce jour particulier.

Une porte s'ouvrit, d'où sortit un couple, main dans la main, le visage irradiant de soulagement et de bonheur. Il sentit ses épaules se raidir.

— Félicitations ! murmura-t-il quand les jeunes mariés passèrent devant lui.

Mais ils n'avaient d'yeux que l'un pour l'autre. Ils étaient amoureux. Ils croyaient en la force de l'amour.

Vous l'aurez voulu ! se dit-il en les regardant s'éloigner.

La porte chromée de l'ascenseur lui renvoya son reflet. Contrairement à ce que les gens pensaient, il n'était pas vaniteux au sujet de son physique. La plupart du temps, quand il se regardait dans une glace, il ne voyait que ce que ses parents avaient abandonné...

Je vais me marier.

Il regarda le bouquet de roses crème qu'il tenait à la main et sentit les battements de son cœur accélérer. En théorie, il aurait pu demander à Carrie de l'épouser. Mais tout avait volé en éclats lors de la soirée sur le yacht. Dès l'instant où elle lui avait parlé de sa mère, il n'avait même plus pu la regarder en face.

C'était mieux ainsi. Avec Ondine, il tenait les rênes de la situation, ce qui serait plus simple quand il voudrait s'en extirper. Ce qu'il ferait dès que possible.

Alors pourquoi, dans ce cas, éprouvait-il le sentiment d'être pris au piège ? N'avait-il pas d'autres options ?

Il aurait pu supplier son grand-père de le laisser revenir travailler. Et lui apporter des preuves de son sérieux, de son engagement. Mais ce serait sans doute bien difficile, d'autant qu'ils n'avaient pas tout à fait les mêmes principes ni la même vision pour le groupe, que son grand-père avait fondé. Il éprouvait de la fierté pour cet homme qui avait bâti un empire en quelques décennies. Curieusement, personne ne se rendait compte de cette fierté parce qu'il avait agi comme s'il se fichait complètement de son travail. Idem avec ses études à l'université. Et avec ses relations amicales et sentimentales.

Il avait découvert à ses dépens que l'amour avait un prix et que ce prix était trop élevé.

Aussi cette solution était-elle la plus sensée. Huit semaines et demie après avoir fait sa proposition à Ondine, elle était sur le point de devenir sa femme.

Ondine Wilde. Il connaissait d'elle son nom et son prénom mais guère plus, à vrai dire. Ils s'étaient à peine croisés depuis le jour où elle était venue frapper à la porte de son bungalow. D'une part, elle passait son temps à travailler ; d'autre part, il ne tenait pas à attirer l'attention sur leur « relation », et il voulait encore moins que la nouvelle parvienne aux oreilles de son grand-père avant qu'il soit prêt à lui annoncer lui-même.

Pour que son plan fonctionne, il fallait qu'Ondine et lui aient l'air de s'être mariés sur un coup de tête, après être tombés fous amoureux et, comme cela avait été le cas pour ses grands-parents, que ce moment de folie se transforme en un amour et un dévouement durables et perpétuels.

Il regarda son reflet dans les yeux. Ce ne serait pas facile d'expliquer tout cela à son grand-père. Ce dernier avait beau avoir plus de quatre-vingts ans, il avait encore toute sa tête. Il serait sans doute content de voir son petit-fils amoureux et casé, mais il fallait que ce soit avec la bonne personne.

Il soupira en silence. Ondine semblait être la personne idéale pour jouer le rôle de la femme dont il avait besoin. Elle était pragmatique, ne nourrissait aucun sentiment très positif à son égard et ne souhaitait pas, elle non plus, que cette histoire s'éternise.

L'image de leurs corps enlacés s'imposa dans son esprit. Elle était idéale sur d'autres plans aussi. Mais son corps aux courbes parfaites n'entrait pas en ligne de compte dans leur arrangement. Ils n'avaient inscrit aucune clause sur le sujet dans leur accord, mais ce n'était pas nécessaire. Le sexe était synonyme d'intimité, donc de complications potentielles. Or, ce « mariage » était censé reposer sur des bases simples. Ce qui s'était passé chez Ondine ne se reproduirait pas. Certes, il avait trouvé ce moment très agréable, mais...

Il sentit son pouls accélérer.

En fait, il avait trouvé ce moment divin. Il avait aimé la manière à la fois douce et torride dont elle s'était donnée à lui. Elle avait tout ce qu'il aimait chez une femme. Mais cela ne signifiait rien. Rien de plus que le fait qu'ils avaient couché ensemble. Un lit, un homme, une femme. Des hormones, du désir, c'était tout.

Il tourna distraitement la tête vers une femme qui avançait vers lui. Et qu'il ne reconnut pas d'emblée, sans son uniforme.

Ondine portait une jupe-tailleur ivoire et un chapeau à voilette. Elle avait détaché ses cheveux châtains soyeux et ne portait pas de bijoux. Mais, sous la voilette, ses yeux bleus étincelaient comme des saphirs.

— Bonjour, dit-elle doucement.

Il la regarda sans bouger. Ils avaient décidé de s'habiller assez sobrement pour la cérémonie. Ni jaquette ni robe meringue, simplement de quoi conférer un peu de romantisme aux circonstances.

Lui n'était pas romantique pour deux sous, comme les femmes avec qui il était sorti le lui avaient rappelé en maintes occasions. Il ne comprenait pas grand-chose aux sentiments – probablement parce qu'il n'en avait jamais vraiment fait l'expérience. Ses grands-parents avaient été amoureux, il le savait, mais sa grand-mère était morte avant sa naissance. Les seuls souvenirs qu'il avait de ses parents en couple étaient des disputes, des cris et des portes qui claquent. Quant à leurs remariages respectifs...

Son estomac se serra.

Même avant l'accident, il n'y avait aucune place pour lui dans leurs nouvelles vies. Les propriétés, les possessions et même les photographies avaient été soigneusement divisées et éliminées afin d'effacer les traces de leur passé commun. Il ne restait rien de cette époque. À part lui. Jack était le seul témoignage de leur échec. Ce qui expliquait qu'ils l'aient toujours tenu à distance.

— Tu es venue, dit-il pour remplir le silence.

— Tu en doutais ? demanda-t-elle, les sourcils froncés.

— C'est vrai que, si je me souviens bien, tu tiens toujours parole.

Il lui tendit le bouquet, qu'il avait aperçu chez un fleuriste et acheté sur un coup de tête, alors qu'ils avaient décidé ensemble de faire l'impasse sur tous les « accessoires » de mariage comme la pièce montée, les confettis et les fleurs.

— C'est pour moi ?

— Oui. Je sais qu'on avait décidé de ne pas en faire trop, mais je me suis dit qu'elles t'iraient bien.

Elle prit le bouquet, et il vit par l'entrebâillement de sa veste de tailleur qu'elle ne portait rien dessous. Il déglutit.

— Tu es très belle, parvint-il néanmoins à ajouter.

Elle lui décocha un regard dur.

— Tu n'es pas obligé de dire des choses comme ça.

— Je sais, je ne suis pas obligé. Je le dis parce que j'en ai envie et parce que je le pense.

Leurs regards se croisèrent, et ils demeurèrent ainsi un moment, immobiles, les yeux dans les yeux. Puis elle rompit le silence.

— Tu as les alliances ? demanda-t-elle sur un ton dont le détachement lui parut un peu forcé.

Il hocha la tête. Deux anneaux plats, en or. Il avait hésité avec du platine avant de se rappeler l'éclat de ses iris bleus. Éclat qui transperçait à présent la voilette qui couvrait ses yeux.

— On y va ?

— On y va.

Il lui prit la main et sentit une tension quand elle enroula les doigts autour des siens. Ils prirent la direction de la salle des mariages.

Le soleil de Floride illuminait la pièce comme pour apporter de la joie à une célébration qui n'était, après tout, qu'un échange pragmatique de bons procédés. L'officiant les accueillit chaleureusement, Jack serra la main des témoins fournis par le tribunal, et la cérémonie commença. Après quelques recommandations sur les promesses qu'ils étaient en train de se faire et la nouvelle vie qu'ils allaient mener ensemble, la question fatidique lui fut posée.

— Jack Walcott, voulez-vous prendre Ondine Wilde, ici présente, pour épouse ?

Lorsque ce fut le tour d'Ondine de répondre à la question,

il eut un petit pincement au cœur à l'idée qu'elle ait déjà été mariée deux fois et que, à deux reprises, elle ait dit oui à un autre homme que lui, sans jouer la comédie qu'elle était en train de jouer avec lui, à sa demande. Puis vint le moment d'échanger les alliances. Il sentit quelque chose se serrer dans sa poitrine.

Lorsque l'officiant termina son discours et leur permit de s'embrasser, il souleva le voile et se pencha vers Ondine, qui hésita. Il avait le sentiment que des ombres de ses précédentes unions continuaient à planer au-dessus d'elle, des fantômes qu'il se surprit à vouloir faire disparaître.

Il la prit par la taille et l'attira à lui. Puis il se pencha et se mit à l'embrasser passionnément.

Il la sentit se raidir, l'espace d'un instant, puis s'abandonner à ce baiser en le serrant dans ses bras, au point qu'il en oublia que cette cérémonie n'était qu'un faux-semblant, qu'Ondine n'était pas vraiment sa femme et qu'elle n'était pas censée l'émouvoir à ce point.

Puis elle s'écarta de lui, les joues en feu, le souffle court. Elle avait l'air stupéfaite ; il n'était pas moins étonné qu'elle. Et il était persuadé que pendant leur baiser elle n'avait pas pensé une seconde à ses précédents époux. Mais pourquoi cela lui procurait-il autant de satisfaction ?

— Voulez-vous que je vous prenne en photo ?

Ils se tournèrent vers l'officiant et le greffier qui les regardaient en souriant. Jack tendit son téléphone à l'officiant avant de se tourner vers Ondine avec un grand sourire.

— Bien sûr que nous voulons une photo, n'est-ce pas, chérie ?

Ondine se cala dans son siège en cuir. À l'autre bout du jet privé, Jack parlait à l'un des stewards. Il semblait détendu, serein. Exactement comme devrait l'être un homme qui vient d'épouser la femme dont il est éperdument amoureux.

Elle, en revanche, avait l'impression de sauter dans le vide sans parachute. Elle était tendue et agitée intérieurement. Rien d'étonnant puisqu'elle n'avait pas fermé l'œil de la nuit. Chaque fois qu'elle commençait à s'endormir, Jack se trouvait là, à côté d'elle, *en* elle, et elle se réveillait en sursaut, tremblante, le cœur battant. Épouser Jack Walcott n'avait jamais fait partie de ses projets, ce qui n'empêchait pas son corps de réagir très positivement à sa présence. Cette contradiction ne faisait qu'ajouter à son agitation.

Elle changea de position. Jusque-là, elle n'avait jamais compris pourquoi les gens accordaient autant d'importance au sexe. Avant de rencontrer Garrett, elle s'imaginait qu'elle ferait l'amour comme dans les films, avec une fougue incontrôlable. Mais leur première fois avait été un moment bizarre et inconfortable. Puis, à mesure que les mois passaient et qu'elle tardait à tomber enceinte, leur vie sexuelle s'était chargée de tension et de reproches tacites.

Quant à Vince, elle l'avait rencontré quand elle était au plus bas. Il avait l'énergie un peu folle d'un golden retriever. Il était bel homme et heureux, paraissait toujours content de la voir. Emportée par son adoration et son enthousiasme, elle avait préféré ignorer leur absence totale d'alchimie sexuelle.

Jack, lui, était tout ce qu'elle avait toujours souhaité chez un amant, mais il n'avait rien de ce qu'elle recherchait chez un homme. Pourtant, il était désormais son mari. Pas étonnant qu'elle ne parvienne pas à trouver le sommeil !

Depuis le jour où elle avait accepté sa proposition, elle avait tout fait pour ne pas penser aux conséquences de cette décision. Et elle n'avait pas eu beaucoup de mal, cela dit. Elle avait travaillé sans relâche, acceptant le plus d'heures supplémentaires possible. C'était plus difficile maintenant, en voyage de noces, sans rien pour la distraire du tourbillon de ses pensées. Au contraire.

Elle repensa à la cérémonie au tribunal. Jack n'aurait jamais dû l'embrasser de cette manière. Comme s'ils étaient seuls au monde et qu'ils se mariaient vraiment par amour. Et elle n'aurait jamais dû l'embrasser en retour.

Il fallait qu'elle fasse preuve d'un peu plus de réserve. Plus de baisers à pleine bouche. Plus de sexe non plus. Elle avait épousé Jack pour tourner la page et commencer un nouveau chapitre de sa vie, pas pour répéter les erreurs qu'elle avait commises dans le passé. Elle s'était mariée pour donner à Oliver l'avenir qu'il méritait.

Comme le disait Jack lui-même, il s'agissait d'un travail, et comme dans tous les métiers qu'elle avait exercés, elle ferait de son mieux. Elle jouerait donc la femme amoureuse et complice en public, tout en maintenant une certaine distance en privé.

— Désolé, ma chérie, d'avoir été si long.

Elle leva la tête. Son cœur fit un bond quand Jack s'assit à côté d'elle. Puis elle jeta un coup d'œil vers les stewards et plaqua un grand sourire sur ses lèvres.

— Tu m'as manqué, dit-elle.

Jack tendit les jambes.

— Il fait 46 °C à Whydah, dit-il.

Ils se dirigeaient vers Martha's Vineyard, où ils prendraient une vedette pour se rendre sur une île appartenant à sa famille, au large des côtes du Massachusetts.

Elle avait refrené l'enthousiasme de Jack quand il avait annoncé vouloir partir en lune de miel aux Caraïbes.

« Si tu veux montrer à ton grand-père que tu as changé, il faut changer, avait-elle dit lors de l'une de leurs brèves conversations sans témoin. Mieux vaut éviter les lunes de miel tape-à-l'œil et le champagne au petit déjeuner ! »

Elle ne fit néanmoins pas de commentaire en entendant justement un bouchon de champagne sauter et sourit quand le steward en chef leur apporta deux flûtes. Elle porta la sienne à ses lèvres et fronça les sourcils. Ce champagne avait un drôle de goût. C'était sans doute l'adrénaline qui coulait dans ses veines. Mieux valait qu'elle aille se brosser les dents.

— Je vais me rafraîchir, murmura-t-elle à Jack. Je reviens tout de suite.

Le jet comprenait une chambre, avec une salle de bains attenante. Si seulement elle pouvait rester là jusqu'à l'atterrissage, pensa-t-elle en se penchant au-dessus du lavabo pour se rincer la bouche.

Mais cela ne changerait rien. Elle fixa le petit anneau doré. Ils étaient mariés, et Jack avait déjà annoncé la nouvelle à son grand-père.

Elle n'avait pas eu le cran d'en parler à Oli. Mais ce n'était pas la même chose. Il était si loin ! De plus, elle avait besoin de temps pour digérer tout ce qui venait de se passer dans sa vie. Le mariage. Le jet. Jack. Elle repensa au baiser qui avait conclu la cérémonie et tressaillit. Il allait vraiment falloir mettre en place des règles à suivre.

Elle sortit de la salle de bains. À sa grande surprise, Jack était allongé sur le lit et souriait. Elle sentit la panique l'envahir à l'idée de se retrouver seule avec lui.

— Qu'est-ce que tu fais ? demanda-t-elle.

— À ton avis ? Nous sommes mariés et censés être follement amoureux. Qu'est-ce que tu fabriques, cachée dans la salle de bains comme un passager clandestin ?

— Je n'étais pas cachée. J'avais juste besoin d'être un peu seule.

— Ah bon ? dit-il en calant la tête sur les oreillers. Je n'ai pas eu l'impression que tu avais besoin que je te laisse tranquille au tribunal. Je t'ai même trouvée plutôt affectueuse.

— Ne prends pas tes désirs pour des réalités, déclara-t-elle en tentant d'ignorer la chaleur qui montait en elle.

Il eut un petit rire.

— Avoue que tu avais envie de ce baiser autant que moi.

— Qu'est-ce que ça change ? s'entendit-elle répondre, choquée qu'il dise sans ambages qu'il la désirait. Ce n'est pas une bonne idée pour autant.

Elle se laissa tomber sur le lit et enleva ses chaussures.

— Tu sais quel est ton problème, Jack ? C'est ce manque puéril de compréhension et d'intérêt pour tout ce qui ne concerne pas directement ta petite personne, qui fait justement que tu comptes sur ton mariage avec une femme que tu ne connais même pas pour remettre ta vie sur ses rails. Car je présume que ton grand-père en a eu assez de tes bêtises, comme tous ceux qui ont eu la malchance de passer du temps en ta compagnie.

Il la regarda, le visage soudain fermé.

— Je ne sais pas comment j'ai pu imaginer que cette comédie pourrait fonctionner, dit-il avec amertume.

— Moi non plus.

4

Jack regarda le magazine qu'il avait dans les mains et fronça les sourcils. Il aimait pourtant cette journaliste, qu'il trouvait généralement accessible et intéressante, mais elle avait dû changer de style parce qu'il ne se souvenait de rien de ce qu'il venait de lire.

En fait, il n'avait pas lu l'article, seulement fait semblant. Comme si cela ne suffisait pas d'avoir à faire semblant devant Sally et le reste du personnel de Red Knots ! Fallait-il vraiment qu'il joue aussi la comédie quand il était seul avec Ondine ?

La cause de son incapacité à se concentrer était allongée à côté de lui, un livre entre les mains. À en juger par sa manière de plisser le front, elle était totalement absorbée dans sa lecture, contrairement à lui. Elle avait laissé ses cheveux détachés, comme il les aimait, depuis qu'ils étaient arrivés sur l'île. Il aimait leurs reflets, sous la lumière de l'après-midi qui entrait dans la chambre.

Comme elle levait la main pour écarter une mèche de son visage, la manche de sa blouse se releva, laissant apparaître son poignet délicat, qu'il avait eu grand plaisir à caresser. Il résista à la tentation de recommencer et serra les dents, tentant désespérément de chasser de son esprit les images qui commençaient à y apparaître.

S'il s'était agi d'un vrai mariage, d'une vraie lune de miel, il ne serait pas en train de feuilleter des magazines sur le canapé. Il serait dans son lit, avec sa femme. Ou alors il serait effectivement assis sur le canapé, mais Ondine y serait aussi, nue, les mains sur lui et non dans ses cheveux.

Mais la situation n'avait rien de vrai. Non qu'il sache ce qu'une « vraie » relation de couple signifiait. Il n'était pas entré à la crèche que ses parents avaient déjà pris rendez-vous chez les avocats pour divorcer. Et quand ils s'étaient remariés, chacun de leur côté, il ne restait chez eux jamais suffisamment longtemps pour observer et comprendre comment leurs nouveaux couples fonctionnaient.

Ses grands-parents, eux, avaient été amoureux et heureux. Mais tout ce qu'il restait de cette belle union, c'étaient des photos prises à différentes époques, ainsi que la loyauté sans faille de son grand-père à l'égard de la femme qu'il avait chérie et qui était partie avant lui.

Il imagina la réaction de John D. Walcott s'il apprenait la vérité au sujet du mariage de son petit-fils, et éprouva le besoin de changer de position.

Ondine et lui s'était accordés sur le fait d'annoncer leur mariage à leurs familles respectives après la cérémonie. Il avait appelé son grand-père dès leur sortie du tribunal. Il n'en revenait toujours pas d'avoir provoqué la surprise chez le vieil homme, que plus grand-chose n'étonnait.

« Marié ? » s'était-il exclamé.

« Je sais ce que tu en penses, grand-père. Et je sais pourquoi tu le penses. Je n'ai pas été un petit-fils digne de ton... »

« Jack, c'est faux », l'avait-il coupé, d'une voix emplie de bienveillance.

À la douceur de son ton, Jack avait éprouvé un sentiment de culpabilité.

« Laisse-moi finir, grand-père. Je suis conscient de t'avoir déçu mais je veux changer. Je pense que je suis en train de changer, et Ondine… fait partie de ce changement. Dès le départ, je me suis senti différent avec elle. Je sais que tu me comprends, que tu as éprouvé la même chose avec grand-mère… »

Son cœur s'était alors serré. Quand son grand-père avait rencontré celle qui allait devenir sa femme, cette dernière était serveuse. Leur relation avait été dénigrée par tout le monde, mais l'amour avait eu raison des préjugés.

Il s'en était voulu d'évoquer sa grand-mère, mais cela s'était révélé être une stratégie gagnante.

« Je l'éprouve encore », avait dit son grand-père avec douceur. « J'étais vraiment malheureux, avant de la rencontrer. J'avais hérité de l'affaire familiale, j'étais soudain responsable de beaucoup de monde et trop orgueilleux pour reconnaître que j'étais dépassé. Trop honteux, aussi, pour admettre que je n'avais aucun plaisir à me retrouver là. »

Jack avait froncé les sourcils. Il ignorait ces détails.

« Je croyais que tu adorais ce que tu faisais. »

« J'ai appris à aimer mon métier. Mais, à l'époque, j'étais malheureux. Puis j'ai rencontré Candace et je n'exagère pas quand je dis qu'elle m'a sauvé la vie. Elle m'a compris, a compris qui j'étais. Je lui ai raconté des choses que je n'avais jamais dites à personne. Je lui ai ouvert mon cœur. C'est là que j'ai compris que je l'aimais. Car l'amour, c'est ça, Jack, c'est ouvrir son cœur. »

— Tu ne crois pas qu'on peut sortir de la chambre, maintenant ?

La question d'Ondine le tira de ses souvenirs. Il se tourna vers elle, empli d'une colère à la fois irrationnelle et injuste. C'était lui qui avait imaginé cet accord avec elle. Mais maintenant qu'il était devenu réalité, il ne l'appréciait plus du tout.

Pour être honnête, il n'était jamais allé plus loin, dans ses réflexions, que l'étape de la cérémonie de mariage, sans penser à ce que leur vie quotidienne serait à partir du moment où ils sortiraient mariés du tribunal.

La nuit, c'était plus simple. Il avait clairement indiqué à Sally que le personnel de maison était exclu de l'étage pendant la nuit, ce qui leur permettait de faire chambre à part en toute discrétion. Ils passaient la nuit dans des chambres contiguës, et le matin Jack regagnait la chambre dans laquelle ils étaient censés dormir ensemble.

Le jour, c'était plus difficile. Ils avaient mis en place une sorte de programme. Dans la matinée et après le déjeuner, ils se retiraient à l'étage et passaient un moment en silence, chacun à un bout de la chambre. Au bout d'un laps de temps raisonnable, il redescendait, dans des vêtements froissés, déclarant que madame dormait. Les personnes présentes, quelles qu'elles soient, souriaient d'un air entendu.

Cela semblait avoir fonctionné le premier jour, mais à présent faire semblant d'être épuisé par leurs ébats de lune de miel alors qu'il s'imposait une période de chasteté commençait à lui taper sur les nerfs, au même titre que leurs conversations polies et crispées.

Cela aurait peut-être mieux fonctionné s'ils n'avaient jamais couché ensemble.

— Je pense que oui, répondit-il en jetant un coup d'œil à sa montre. L'avant-dernier jour de notre lune de miel, nous avons le droit de nous calmer un peu.

Il avait choisi ses mots avec soin dans le but de provoquer une réaction. Il vit de l'agacement dans l'expression du visage d'Ondine, mais elle lui répondit avec froideur.

— Je te retrouve en bas d'ici une heure.

Il la dévisagea, le souffle lui brûlant la gorge.

— Prends tout le temps qu'il te faut, dit-il en détournant le regard, priant pour que cela apaise la réaction de son corps face au rouge qui teintait les joues d'Ondine.

Du désir. Une envie incontrôlable de la prendre dans ses bras. Teintée d'un certain agacement vis-à-vis de ce qu'elle ressentait, et qu'il comprenait parfaitement pour le ressentir lui aussi.

Il était dans cet état depuis le vol jusqu'à Martha's Vineyard. Après leur prise de bec, Ondine s'était assise sur le lit, avait retiré ses chaussures et s'était allongée un moment, jusqu'à ce qu'elle s'endorme. Comme il était entré dans la chambre un sourire plein de sous-entendus aux lèvres, il n'avait pas pu en ressortir aussitôt et avait dû rester là, sans même son téléphone pour faire passer le temps plus vite, jusqu'à ce qu'elle se réveille, tandis que l'avion commençait sa descente.

Mais pourquoi se disputaient-ils ? Leur couple n'en était même pas un !

Il ne serait pas étonné qu'elle finisse par lui tourner le dos, comme le faisaient tous les gens qu'il rencontrait dans sa vie.

Il savait pourquoi elle réagissait de cette manière. Elle lui en voulait de l'avoir embrassée fougueusement au tribunal. Mais ils étaient censés être fous amoureux l'un de l'autre. Il fallait qu'ils aient l'air crédibles, qu'ils disent et fassent tout ce que les amoureux étaient censés dire et faire. Le jour de leur mariage, ils ne pouvaient pas s'en tirer avec une petite bise sur la joue.

D'ailleurs, elle *aussi* l'avait embrassé – il ne fallait pas qu'elle l'oublie.

Il avait décidé de l'emmener à Martha's Vineyard. Lui qui détestait faire du shopping ! Cela dit, après trois semaines interminables de promiscuité forcée avec Ondine, il était content d'aller se balader dans les boutiques chics de l'île pour ne pas avoir à passer une heure de plus à tourner les pages d'un magazine qu'il ne parvenait pas à lire, tout en fantasmant sur une femme qui n'était la sienne que sur le papier.

L'île de Martha's Vineyard était aussi charmante qu'Ondine se l'était imaginé, à l'opposé du clinquant et des excès de Palm Beach. Ici, tout était tranquille, paisible, élégant. Le point commun avec Palm Beach était qu'elle attirait aussi les gens riches et célèbres. Un autre style de gens riches et célèbres, peut-être, se dit-elle en apercevant un groupe de personnes qui lui parurent être un ancien président des États-Unis, sa femme et leurs gardes du corps, qui traversèrent la rue et entrèrent dans une librairie.

— C'était...

— Oui, confirma Jack. Je te les aurais bien présentés, mais je préfère rester incognito tant que tu n'as pas rencontré mon grand-père.

— Tu le connais ? s'exclama-t-elle, incapable de contenir sa surprise.

— C'est un ami de la famille, dit-il en serrant sa main dans la sienne. Regarde, c'est la galerie d'art dont je t'ai parlé.

Ils traversèrent la rue eux aussi. Elle n'en revenait pas de s'être mariée avec cet homme. Et si elle s'était encore trompée ? Tant qu'ils se promenaient main dans la main sur une île magnifique, elle avait l'impression que tout allait bien, mais c'était parce qu'elle se disait qu'elle était en vacances, pas en lune de miel.

Une *fausse* lune de miel.

Elle repensa à la manière dont s'étaient peu à peu organisées leurs journées, sans qu'ils l'aient vraiment planifié. En théorie, les deux heures qu'ils passaient dans la chambre, à Red Knots, et pendant lesquelles ils étaient censés faire l'amour comme des fous, auraient dû être le moment le plus facile de la journée. Personne ne les regardait, ils n'avaient donc pas à jouer de rôles. Ils devraient simplement en profiter pour se reposer et se détendre. Alors pourquoi était-elle aussi tendue ?

De toute évidence, la lune de miel était le moment le plus compliqué dans leur situation. Après, ils ne seraient plus obligés de passer autant de temps ensemble. Peut-être ferait-elle mieux de suivre l'exemple de l'ex-président et de sa femme, et de profiter de ses vacances.

Il n'y avait pas que les hommes politiques qui appréciaient l'absence de feux de signalisation et de chaînes de magasins dans Edgartown ; elle reconnut deux actrices. Mais il n'y avait ni paparazzis ni badauds en train de les filmer avec leurs téléphones portables. Chacun semblait mener sa vie tranquillement, entrant et sortant des boutiques élégantes, des magasins bio et des cafés.

Même habillé simplement, le visage dissimulé derrière des lunettes de soleil et la visière de sa casquette, Jack parvenait encore à attirer des regards admiratifs des femmes qu'ils croisaient. Ce n'était pas qu'une question de look. Il y avait chez lui quelque chose qui ne laissait personne indifférent.

Comme pour illustrer sa pensée, une jolie jeune femme blonde, dans une robe blanche légère, jeta un coup d'œil à Jack et rougit.

Ondine en éprouva une pointe de jalousie, aussi vive qu'irrationnelle. Jack était officiellement son mari, mais il n'avait de mari que le titre. D'ailleurs, la plupart du temps, elle n'était même pas sûre d'apprécier cet homme.

Ils se connaissaient à peine. Les seules choses qu'ils aient vécues ensemble étaient un sauvetage en mer et un rapport sexuel torride. Ainsi qu'un baiser. Deux baisers. Deux baisers de trop.

Elle sentit la chaleur monter en elle. Elle pouvait se trouver des excuses pour ce qui s'était passé dans sa chambre le premier jour. Ils étaient l'un et l'autre sous le choc du sauvetage. En revanche, le baiser au tribunal était un acte prémédité de sa part. Elle lui en voulait d'avoir ignoré ou, s'il en avait eu conscience, de ne pas s'être préoccupé de l'effet qu'il aurait sur elle. Elle tourna la tête. La jeune femme blonde la regardait d'un air envieux. Jack, lui, devait être habitué et ne semblait avoir rien remarqué.

Si seulement elle pouvait faire la même chose !

La galerie était un endroit aussi calme que les clients qui s'attardaient devant les tableaux. Ondine se fit l'impression d'être un imposteur. Elle ne connaissait rien à l'art. Elle se pencha pour regarder de près ce qui ressemblait à un gribouillis orange sur une tache verte et vit le prix du tableau.

Combien ?

— Tu aimes ?

Elle se retourna. Jack se tenait derrière elle mais ne regardait pas le tableau. Il la dévisageait avec une intensité troublante, comme si elle était une énigme à déchiffrer.

— C'est intéressant, dit-elle prudemment.

Il se mit à rire. Plusieurs personnes tournèrent la tête dans leur direction. Elle se sentit rougir.

— Tu parles comme un vrai critique d'art.

— Je n'y connais rien, dit-elle avec un haussement d'épaules.

Ses yeux dorés scrutèrent son visage.

— Ce n'est pas vrai, dit-il en rapprochant dangereusement la tête de la sienne. Tu es capable de dire si tu aimes quelque chose ou si tu ne l'aimes pas. Si tu trouves cela percutant, étrange ou beau. Si tu ressens quelque chose ici – il indiqua son cœur –, alors tu sais tout ce qu'il y a à savoir. Fais-toi confiance.

— J'ai du mal à faire confiance, avoua-t-elle en croisant les bras de peur d'être tentée de se pendre à son cou.

— Moi aussi, répondit-il en la regardant dans les yeux.

Elle sentit le désir monter en elle et la tête lui tourner.

— J'aurais bien aimé connaître cet endroit plus tôt, dit-elle d'un ton qu'elle essaya de garder détaché et léger. Cela m'aurait évité d'avoir à me marier avec toi. J'aurais gribouillé des toiles, que j'aurais vendues une fortune. J'aurais épongé mes dettes en un rien de temps.

Jack regarda Ondine, frustré. Pendant un moment, il avait oublié la situation professionnelle désastreuse dans laquelle il s'était mis, leur querelle dans l'avion, ainsi que la tension des longues heures passées enfermés dans leur chambre.

Tout était passé au second plan dès qu'il avait plongé le

regard dans le sien et qu'il y avait perçu de la détresse. Il avait eu l'impression d'être de nouveau un enfant impuissant et ridicule.

Il lui fallait un café. En réalité, il aurait bien bu un whisky mais un café ferait l'affaire. Il prit Ondine par le bras et la conduisit vers le bar attenant à la galerie.

— J'ai envie d'un café, dit-il. Veux-tu boire quelque chose ?

Il la sentit se raidir. Puis elle dégagea le bras.

— Excuse-moi. Je vais...

Que se passait-il ? Il la regarda s'éloigner vers les toilettes, à la fois incrédule et ému par le balancement de ses hanches.

— Voulez-vous que j'aille voir si tout va bien ? demanda une femme à côté de lui, portant un bébé en bandoulière.

Le bébé était tourné vers l'extérieur, et tétait ses doigts. Il avait des yeux aussi bleus que ceux d'Ondine.

La femme lui sourit avant de se tourner vers l'homme qui l'accompagnait.

— Tu te rappelles ? J'étais dans le même état. Rien que la vue d'un café me rendait malade. Mais cela en valait la peine.

Le bébé tendit la main vers elle et sourit à son tour, dévoilant deux petites dents blanches. Le visage de la jeune femme s'adoucit.

— D'ailleurs, c'est plutôt bon signe.

— Bon signe ? répéta Jack en regardant le bébé.

— Mon médecin dit que les nausées du matin sont le signe d'une grossesse saine.

Elle hésita.

— Vous êtes sûr que vous ne voulez pas que j'aille la voir ?

— Non, merci. J'y vais.

Il s'éloigna du couple, sous le choc. Ce que racontait cette femme n'avait rien à voir avec eux. Elle ne les connaissait pas. Elle ne savait pas ce qui...

Ondine sortit des toilettes, le visage pâle, les traits tirés. Ses épaules se raidirent quand elle le vit.

— Viens, dit-il sèchement en lui prenant la main pour sortir de la galerie.

— Qu'est-ce qu'il y a ?

Il sentit la main d'Ondine bouger, mais il resserra son étreinte et ne la relâcha qu'une fois dehors. Il scruta la rue quelques instants, jusqu'à ce que leur voiture approche.

— Que se passe-t-il ? demanda-t-elle une fois qu'ils furent installés à bord. Qu'y a-t-il de si urgent pour que tu me déboîtes l'épaule ?

— J'ai une question à te poser, répondit-il, le cœur battant. Est-ce que tu es enceinte ?

Elle écarquilla les yeux, manifestement choquée.

— Pourquoi me poses-tu une question pareille ?

— Parce que j'ai besoin d'une réponse. Alors je répète : y a-t-il une probabilité, même infime, que tu sois enceinte ?

« Non, bien sûr que non ! »

Ondine regarda le mur de la salle de bains et sentit son cœur battre de façon chaotique. Tel était ce qu'elle avait répondu à Jack quand il lui avait demandé si elle était enceinte. Et elle y croyait. Elle y croyait encore. Bien que le test qu'elle avait dans la main dise exactement le contraire.

Elle fixa de nouveau la petite barre de plastique.

Combien de fois avait-elle fait ce genre de test, dans la salle de bains de la maison où elle vivait avec Garrett, et éprouvé une profonde déception à la vue du résultat négatif ?

Ils avaient espéré pendant deux ans. Elle, du moins. Puis à un moment, Garrett avait renoncé. Elle se rendit compte que ses bras tremblaient et les enroula autour de son buste pour se réconforter.

Quand elle avait répondu non à Jack, il l'avait longuement dévisagée puis avait demandé au chauffeur de se garer dans une rue adjacente. Il était sorti de la voiture quelques instants, puis était remonté aussi vite dans le véhicule, sans un mot. Quelques minutes plus tard, ils étaient sur le bras de mer, dans la vedette les ramenant à Whydah et à Red Knots.

Elle s'était tellement concentrée pour ne pas vomir qu'elle avait à peine remarqué la somptueuse maison à pignon et au toit de bardeaux.

Jack l'avait prise par la main, la serrant jusqu'à lui faire mal, et l'avait plus ou moins traînée jusqu'à l'étage. Ils avaient traversé la chambre et s'étaient arrêtés dans la salle de bains. Puis Jack avait sorti de la poche de sa veste un petit sac en papier, qu'il avait posé sur le bord du lavabo.

« Appelle-moi quand tu as fini », lui avait-il ordonné.

Elle s'était alors brusquement rappelée, non sans une certaine inquiétude, que derrière son apparence de play-boy se cachait une personne habituée à donner des ordres et à attendre qu'on y obéisse.

« Je t'attends dans la chambre. »

Elle regarda les deux lignes bleues et reprit le mode d'emploi. Non pas qu'elle ait besoin de le relire. Elle avait fait tellement de tests de grossesse dans sa vie de couple avec Garrett qu'elle savait parfaitement comment les utiliser, car ils fonctionnaient tous selon le même principe.

Cette fois, en revanche, il était positif.

Positif !

Ce qui signifiait donc qu'elle était enceinte. Qu'elle attendait un enfant.

C'était impossible. Il devait y avoir une erreur.

Elle défit l'emballage d'un deuxième test. Puis d'un troisième et d'un quatrième. À la fin, elle eut sous les yeux quatre tests, tous positifs.

On frappa à la porte.

— Ondine...

Elle sentit sa gorge se serrer.

— J'arrive, dit-elle d'une voix éraillée.

— Ça fait une demi-heure que tu es là-dedans.

— J'arrive, répéta-t-elle, agacée par son empressement.

Il n'était pas le seul concerné, dans l'histoire. C'était elle qui était enceinte.

Elle se leva et ouvrit la porte. Jack la regarda, le visage impassible.

— Alors ?

C'était injuste. Elle avait attendu ce moment si longtemps, elle avait tellement espéré, tellement prié pour qu'il arrive ! Et il était arrivé. Mais pourquoi maintenant ? Pourquoi avec un homme qui ne l'aimait pas et ne l'aimerait jamais, avec qui elle avait une relation fondée sur l'imposture et jouait une comédie censée les arranger tous les deux mais qui s'avérait être un cauchemar ?

Incapable de parler, elle brandit le test.

Jack le regarda, silencieux. Son expression demeura la même, mais sa respiration se modifia.

— Ce n'est pas possible, dit-elle.

— Comment ça, ce n'est pas possible ? Il y a deux lignes bleues. Tu es enceinte.

Non ! pensa-t-elle de nouveau.

Il devait y avoir une explication. Il fallait simplement qu'elle réfléchisse posément et rationnellement. Mais la tête lui tournait tant qu'elle ne parvenait pas à se concentrer.

— Je sais comment fonctionne le test. Mais ce n'est pas possible. Il doit être défectueux.

— Ceux-là aussi sont défectueux ? demanda-t-il en indiquant les trois autres sur le bord du lavabo.

— Oui, sûrement. Il est impossible que je sois enceinte.

Quelques instants s'écoulèrent avant qu'il réponde :

— Et pourtant, tu l'es.

Et pourtant, elle l'était.

Comment cela avait-il pu se produire ? Étant donné les circonstances à ce moment précis, ses antécédents médicaux, la période dans le mois, le fait qu'ils aient utilisé un préservatif.

— Je te dis que je ne peux pas être enceinte !

Les yeux dorés de Jack s'étaient assombris.

Hébétée, elle regarda de nouveau le test en repensant à toutes ses tentatives manquées, aux mois d'attente, aux efforts pour ne pas se faire trop d'illusions, chaque fois...

— Je ne sais pas ce qui s'est passé. C'est une sorte de miracle !

Il s'ensuivit un silence pesant. Il lui devint alors difficile non seulement de parler, mais aussi de respirer. Jack la regardait, les yeux emplis d'un mélange d'incrédulité et de dédain.

— Tu es forte, finit-il par dire. Tu es vraiment très forte.

Elle le regarda sans comprendre.

Forte ? Dans quel sens ?

Le sourire qu'il arborait à présent n'avait rien d'aimable. Elle eut un haut-le-cœur et porta la main à sa bouche.

— C'est impressionnant !

Il n'avait pourtant pas l'air d'être impressionné.

— Depuis combien de temps t'entraînes-tu ? C'est pour cette raison que tu as déjà deux ex-maris ? Tu as monté ce genre de combine avec eux aussi ?

Ce genre de combine ?

Elle cligna des yeux, incapable de parler. Puis elle sentit la colère monter en elle.

— Tu ne connais rien de moi ni de mes ex-maris. Et je ne vois pas de quelle combine tu parles. À part ta demande en mariage bidon.

— Comment as-tu pu croire un instant que j'allais gober toute cette histoire ?

Il jeta le test dans le lavabo d'un geste furieux.

— Alors, quand as-tu découvert que tu étais enceinte ?

Elle pencha la tête.

— Là, maintenant, dans cette salle de bains. Juste avant toi.

Il s'adossa contre le lavabo et croisa les bras, comme pour contrôler sa colère.

— Je fais peut-être des erreurs – et le fait que je me sois marié avec toi en est une –, mais je ne suis pas totalement idiot.

Il s'écarta du lavabo et s'approcha d'elle.

— C'est comme ça que tu as mis le grappin sur les deux précédents ? En leur faisant croire que tu étais enceinte d'eux ? Cette fois, tu t'es plantée : tu es vraiment enceinte. Alors dis-moi : de qui est-il ?

Ses mots la percutèrent avec violence, amplifiant le choc d'être enceinte.

— Alors ? Qui est le père ? insista-t-il.

— Qui veux-tu que ce soit ? C'est toi, évidemment !

Il se redressa, et elle se trouva face à un mètre quatre-vingt-dix d'énergie masculine furibonde réprimée, dans des vêtements qui coûtaient probablement plus cher que sa voiture.

— Ça n'a rien d'évident à mes yeux. Nous avons couché une seule fois ensemble, et j'ai mis un préservatif…

— Tu l'as peut-être mal mis.

— Mal mis ? répéta-t-il avec une incrédulité manifeste. Je ne suis pas un ado à sa première expérience, Ondine ! Je sais mettre un préservatif, alors arrête ce petit jeu idiot…

— Parce que tu penses que tomber enceinte est un jeu ?

Elle sentit les larmes lui monter aux yeux.

— Non, Ondine, ne retourne pas la situation. Tu n'es pas la victime. Il va falloir que tu prennes tes responsabilités. Ce n'est pas toi qui t'es fait avoir, dans l'histoire.

— Tu ne t'es pas fait avoir ! rétorqua-t-elle. Le choc est aussi important pour moi que pour toi.

Voire plus.

Il secoua la tête.

— Je ne crois pas un mot de ce que tu racontes. Je pense que tu as appris que tu étais enceinte le jour où tu es venue me voir dans le bungalow de l'hôtel.

— C'est faux ! J'ai appris que j'étais enceinte aujourd'hui, et personne d'autre que toi ne peut être le père. Voilà la vérité.

— Non, la vérité, c'est que quand je t'ai proposé qu'on se marie, tu m'as jeté dehors. Par contre, deux heures plus tard, te voilà frappant à la porte de mon bungalow, tout agitée, me disant que tu avais changé d'avis.

Il éclata d'un rire sarcastique.

— Et tu voudrais que je croie qu'il s'agit d'une pure coïncidence !

— Oui, parce que c'en est une ! protesta-t-elle.

— Dans ce cas, qu'est-ce qui t'a fait changer d'avis, en deux heures ?

Son cœur lui fit l'impression d'être pris dans un étau. Elle écarquilla les yeux pour empêcher les larmes de perler à ses paupières.

Elle repensa à la conversation avec Oli, et à la fierté qu'elle avait éprouvée. Son frère était une personne incroyable et ferait un médecin formidable. Jamais elle n'aurait pu lui dire que l'argent destiné à payer ses études était parti en fumée et qu'il devrait attendre l'année suivante, et sans garantie de résultat, pour postuler à une bourse.

Elle avait fait n'importe quoi de sa vie personnelle, elle ne comptait pas gâcher celle de son frère.

Mais parler à Jack de l'argent mis de côté pour Oli reviendrait à dévoiler des aspects de sa vie dont elle n'avait envie de parler à personne, encore moins à cet homme qui avait déjà une piètre opinion d'elle. Elle n'avait peut-être ni argent ni pouvoir, mais elle avait sa dignité.

De toute façon, Jack n'était pas d'humeur à l'écouter. Pour lui, c'était simple : elle était coupable.

— Tu ne m'as pas vraiment laissé le temps de réfléchir. Je ne pouvais pas accepter d'emblée une proposition aussi incongrue.

Ce n'était pas la raison pour laquelle elle avait changé d'avis, et Jack le savait aussi bien qu'elle, à en juger par l'expression de son visage.

— De réfléchir ? Tu te moques de moi ?

Elle qui avait rêvé de voir apparaître cette seconde petite ligne bleue pendant des mois, qui avait imaginé ce moment de découverte et de joie mutuelle ! Maintenant que le test était positif, miraculeusement positif, elle n'éprouvait ni ne partageait aucune joie, seulement de la colère, de la suspicion, du doute et du ressentiment.

— Curieusement, tout ce à quoi je peux penser, à présent, c'est à cet enfant.

— N'en rajoute pas. La seule chose à laquelle tu sois capable de penser, c'est à toi. Tu t'es retrouvée enceinte, mais le père de l'enfant ne veut pas en entendre parler. Peut-être a-t-il vu à temps quelle opportuniste tu étais. C'est pourquoi tu as échafaudé ce plan. À moins qu'il ne soit simplement pas aussi riche que moi.

L'injustice de ses paroles lui coupa le souffle. Elle eut toutes les peines du monde à ne pas lui jeter les tests à la figure.

— Comment peux-tu te permettre ? s'écria-t-elle, les poings serrés. Premièrement, je te rappelle que ce mariage arrangé était ton idée. Et, pour être claire, le fait que tu me payes pour être ta femme est exactement la raison pour laquelle tu es la dernière personne que je choisirais pour être le père de mes enfants. Penses-tu vraiment que j'aie envie de faire un enfant avec un gosse de riche arrogant, qui pense avoir tous les droits ? Deuxièmement, je me fiche pas mal que tu me croies ou non. Le fait est que je suis célibataire, qu'il n'y a pas d'homme dans ma vie...

— Ne me fais pas croire que tu es enceinte de moi. Ce bébé ne me regarde pas. Il n'est pas de ma responsabilité...

Instinctivement, elle posa la main sur son ventre, blessée

que non seulement il ne la croie pas, mais aussi peinée qu'il rejette leur enfant.

— Je ne t'ai rien demandé, Jack. De fait, je n'ai pas envie de partager quoi que ce soit avec toi. Et je veux annuler ce mariage absurde.

Il n'y avait pas grand-chose à annuler. Elle avait signé un accord de confidentialité et un arrangement prénuptial. De son côté, Jack avait versé la somme qu'elle avait demandée – et qu'elle lui rendrait, quitte à être serveuse pour le restant de ses jours. Le problème, c'est qu'ils n'avaient ni l'un ni l'autre voulu coucher par écrit le détail de cette transaction sordide.

Le beau visage de Jack devint anguleux et laid.

— Tu m'ôtes les mots de la bouche, dit-il avant de sortir de la salle de bains.

Alors, elle sentit la colère monter en elle, aussi irrépressible et aussi dévastatrice que le désir qui avait surgi entre eux. Elle sortit pour le rattraper, mais il était déjà au pied des marches.

La tête lui tournait comme si elle était ivre. Elle sentit son estomac se contracter, fit demi-tour et se précipita de nouveau dans la salle de bains pour vomir.

5

Jack ouvrit la baie vitrée et se mit à marcher d'un pas décidé sur la pelouse. C'est du moins ce qu'on aurait pu penser en l'observant. En réalité, il n'avait aucune idée de l'endroit où il se dirigeait ni de ce qui le poussait dans cette direction.

Tout ce qu'il savait, c'était qu'il ne pouvait pas rester une minute de plus dans cette salle de bains avec Ondine, ses mensonges et ses combines.

La famille Walcott possédait plusieurs propriétés, mais Red Knots était un endroit différent des autres. Il y passait une partie de l'été, chaque année, depuis toujours. Pour lui, c'était un havre de paix, un refuge le protégeant des douloureuses vérités du passé et des échecs du présent.

Il tenait aussi une place particulière dans le cœur de son grand-père. C'est à Martha's Vineyard que John D. Walcott avait rencontré sa femme, Candace. Comme Ondine, elle était serveuse. Mais, contrairement à Ondine et lui, Candace et John s'étaient aimés au premier regard. Et ils s'aimaient toujours. Ils se donnaient la main et se regardaient dans les yeux, comme des amoureux transis, sur toutes les photos qu'il avait vues d'eux. Jusqu'à ce que sa grand-mère meure, un an avant qu'il naisse.

Il n'en avait rien dit à Ondine, de peur qu'elle se fasse des idées, qu'elle s'imagine que leur relation puisse se transformer en un lien plus solide, plus pérenne.

Mais c'était ce qui était en train de se produire, bien indépendamment de sa volonté. La malhonnêteté d'Ondine était en train de transformer un contrat en un problème à l'issue cauchemardesque.

Il prit une profonde inspiration. Son souffle était saccadé et son corps, encore tremblant de ce qu'il venait d'apprendre. Ondine lui mentait, il en était sûr. Il avait mis un préservatif, comme il le faisait toujours. Il ne pouvait pas être le père de cet enfant.

Les mots d'Ondine résonnaient encore dans sa tête.

« ... tu es la dernière personne que je choisirais pour être le père de mes enfants. Penses-tu vraiment que j'aie envie de faire un enfant avec un gosse de riche arrogant, qui pense avoir tous les droits ? »

Il sentit son cœur se serrer. Son mode de vie était incompatible avec le fait d'avoir des enfants. Il était même incompatible avec la vie de couple. Raison pour laquelle il avait eu l'idée de ce mariage factice. Un mariage censé régler ses problèmes, pas en créer de nouveaux. Le souci, c'est qu'il avait conclu cet accord sans avoir toutes les informations dont il aurait eu besoin.

Le bruit des vagues le tira de ses pensées. Il avait marché jusqu'à la jetée. La vedette se balançait mollement, heurtant doucement le ponton au rythme des battements du cœur de Jack.

Il fourra les mains dans ses poches et frissonna en se remémorant le moment où Ondine l'avait tiré de l'eau et lui avait redonné vie. Elle lui avait sauvé la vie.

À présent, elle semblait plutôt déterminée à la lui gâcher. Il avait vu en elle une opportunité de résoudre ses problèmes tout en l'aidant à régler les siens. Mais comme pour l'accord qui lui avait fait perdre sa place au conseil d'administration, il avait commis une erreur. De toute évidence, il ne tirait pas les leçons que la vie lui donnait.

Il leva la tête et scruta le ciel, immense et bleu, et se sentit insignifiant, perdu, impuissant. Comme quand, enfant, il passait d'un parent à l'autre, tel un paquet encombrant qu'on accueillait sans enthousiasme et dont on se débarrassait avec soulagement au bout de quelques jours.

Dans leur hâte de retourner à leur vie sans Jack, ses parents avaient commis une bévue, une erreur de communication. Et il s'était cassé le bras.

Il se demandait parfois ce qui se serait passé si sa mère n'avait pas prolongé ses vacances à Saint-Barthélemy. Ou si son père avait attendu qu'elle arrive, décidant de passer quelques minutes de plus avec son fils au lieu de le laisser aux bons soins d'une employée de maison, comme d'habitude.

Il sentit le ponton bouger sous ses pieds et s'agrippa à la rambarde. Bien entendu, rien de tout cela ne s'était produit. C'est ce qui avait incité son grand-père à intervenir et à l'emmener vivre à New York avec lui.

Comment allait-il pouvoir se dépêtrer de la situation dans laquelle il s'était mis avec Ondine ? Ironie de l'histoire, le fait qu'il soit ou non le père était presque accessoire. Il avait dit à son grand-père qu'Ondine et lui s'étaient mariés. Il ne pouvait décemment pas faire marche arrière sous peine d'avoir l'air encore plus instable, immature et irresponsable que d'habitude – le contraire de ce qu'il fallait pour regagner sa confiance.

Tout partait à vau-l'eau, à présent, car un an plus tard, au lieu de se séparer comme il l'avait envisagé, Ondine et lui auraient un enfant. Pourrait-il quitter sa femme alors qu'elle viendrait de donner naissance à leur bébé ? Non, évidemment.

Il était acculé. Sortir du piège dans lequel il s'était lui-même mis prendrait du temps. Plus de temps qu'il ne l'avait prévu. Et il y laisserait des plumes.

Il fallait qu'il se ressaisisse. La seule solution possible, c'était que cette relation fonctionne, puisqu'elle était là et qu'il ne pouvait pas s'en dégager comme il l'aurait voulu. Mais comment s'y prendre ?

Il reprit la direction de la maison.

Red Knots ne changeait pas, et rien que la vue de la propriété suffisait à l'apaiser. Ondine avait déclaré qu'elle voulait annuler le mariage. Or, elle avait besoin de son argent. Il doutait donc qu'elle mette sa menace à exécution.

Il monta l'escalier, prêt à affronter une nouvelle conversation. Mais, quand il entra dans la chambre, elle était vide. La salle de bains aussi. Les autres chambres aussi.

Ondine avait pris ses affaires et était partie.

Le cœur tambourinant dans sa poitrine, il descendit. Dans la cuisine, Sally était en train de peser de la farine. Seule.

Ondine ne pouvait pas avoir quitté l'île. Le seul bateau était amarré au ponton. Elle savait nager, mais... Martha's Vineyard était loin, même pour une excellente nageuse. Et les courants, dangereux.

Il sortit sur la terrasse et s'arrêta net. Ondine était assise sur la balancelle, les genoux repliés contre elle. Elle lui parut soudain vulnérable, fragile.

— J'ai eu peur que tu sois repartie à Martha's Vineyard à la nage, dit-il d'une voix qu'il aurait préférée plus posée.

Elle posa sur lui ses beaux yeux bleus. Elle avait les traits tirés et le regardait d'un air méfiant.

— J'ai accepté de devenir ta femme. Et je tiens toujours parole.

La colère qui l'agitait laissa place à du respect, presque à de l'admiration. Et à du soulagement.

— Je sais que tu tiens toujours parole. Mais tu as aussi dit que tu voulais annuler ce mariage.

— Toi aussi, tu l'as dit, dit-elle avant de déplier les jambes.

Elle était pieds nus et, curieusement, il se trouva distrait par la courbe douce de la plante de ses pieds, puis par le souvenir du reste de son corps nu. Il serra les dents.

— C'est vrai. Nous avons tous les deux envie de mettre fin à cette comédie, mais nous savons l'un comme l'autre que ce n'est pas possible. Et je me retrouve coincé.

— Moi aussi, je suis coincée.

Elle se recroquevilla de nouveau, et il regretta ses paroles. Avant de se rappeler que c'était Ondine qui avait cherché à le piéger en lui faisant porter une responsabilité qui revenait à un autre homme.

— Tu plaisantes ? Tu as obtenu exactement ce que tu voulais !

Elle secoua doucement la tête.

— Tu te trompes, dit-elle d'une voix morne. Je voulais simplement payer mes factures. C'est tout. C'est la seule raison pour laquelle j'ai dit oui à ta proposition. Je sais que tu ne me crois pas et que tu penses que le bébé n'est pas de toi, mais tu te trompes sur les deux points.

Elle se leva.

— Je ne peux pas prouver le premier point. Mais pour le second, nous pouvons faire un test de paternité.

Il déglutit avec difficulté. Si elle proposait de faire un test, c'était qu'elle était sûre qu'il était le père. Il eut un haut-le-cœur. Ses parents n'avaient jamais voulu de lui. Comment pourrait-il à son tour élever un enfant ? De toute façon, il n'était pas le père. Ils avaient couché une seule fois ensemble. Avec un préservatif. Qui était fiable. À 98 %...

Il sentit la confusion le gagner. Il était décidément plus facile d'être en colère, de la détester pour ce qu'elle avait fait. C'était plus net, moins troublant.

— Fais comme tu veux, dit-il avec un haussement d'épaules. Mais sache que cela ne changera rien au problème.

— Tu as raison, cela ne changera rien.

Il la regarda, surpris par son calme. Il s'attendait qu'elle proteste, qu'elle argumente, se justifie, mais elle n'en fit rien.

— Ne t'inquiète pas, Jack. Je dirai ce que tu voudras que

je dise. Je te donnerai la main, te regarderai d'un air transi et te sourirai autant de temps qu'il faudra pour convaincre ton grand-père que tu es un homme bien. Ce que tu ne peux pas être, en réalité. Après quoi, chacun reprendra son chemin, comme prévu. Quant au bébé, tu as raison : ce n'est pas et ne sera jamais ta responsabilité. Ce sujet est clos.

— J'en suis ravi, rétorqua-t-il.

— Je n'en doute p...

Elle s'interrompit soudain.

— Que se passe-t-il ?

— Je vais vomir, répondit-elle en plaquant une main sur sa bouche.

Trois jours s'étaient écoulés depuis qu'Ondine avait déclaré à Jack que le bébé qu'elle portait n'était pas sa responsabilité et ne le serait jamais. Et, depuis trois jours, ces paroles tournaient sans cesse dans son esprit, jour et nuit.

Il jeta un coup d'œil sur elle, allongée sur le lit, endormie. Il ne se sentait toujours pas à sa place. De fait, la plupart du temps, il avait l'impression d'être un imposteur. Si leur mariage était officiel, il n'en était pas pour autant authentique. La vérité, c'était qu'il avait payé Ondine pour qu'elle devienne sa femme. Il fallait donc que ses actes s'accordent avec cette fiction. Comble de l'ironie, sa femme était enceinte, ce qui, en apparence, collait parfaitement à la comédie qu'ils étaient en train de jouer. Le problème, c'était qu'il n'avait rien à voir avec cet enfant.

Ondine remua sans ouvrir les yeux. Elle était exténuée par ses nausées qui la réveillaient même la nuit et la faisaient s'endormir à 2 heures de l'après-midi, pendant qu'il jouait au mari amoureux qui veillait sur elle, assis à son chevet. Le médecin avait confirmé ce que la femme de la galerie avait dit, à savoir que les nausées étaient le signe d'une grossesse saine mais, à en juger par la pâleur du visage d'Ondine, il avait du mal à le croire.

Ils n'avaient pas reparlé de cette bombe à retardement depuis leur conversation sur la terrasse. En réalité, ils ne s'étaient pratiquement pas parlé depuis, notamment parce qu'Ondine passait son temps à vomir et à dormir. Le reste du temps, ils échangeaient des propos polis, sans enthousiasme.

« Tu peux partir, je vais me débrouiller seule, merci, disait-elle en sortant de la salle de bains, le teint brouillé, les yeux cernés. »

Mais il ne pouvait décemment pas laisser seule sa jeune épouse malade. Il avait été obligé de dire au personnel de maison que sa femme était souffrante. Mais il avait également été clair sur le fait qu'il était trop tôt pour annoncer publiquement la grossesse. C'était au moins une chose sur laquelle il avait encore un peu de contrôle.

6

Il entendit quelqu'un rire et ouvrit les yeux. Il était minuit moins le quart. Il s'assit sur son lit et regarda la porte qui séparait la chambre d'Ondine de la sienne, la nuit. Ondine dormait dans la chambre que son grand-père avait préparée, à l'époque, pour ses parents. Or, en dépit de la présence d'une nounou à plein temps, ni son père ni sa mère n'avait considéré que les vacances avec leur fils étaient des vacances, si bien que c'était son grand-père qui l'emmenait à Red Knots et le réconfortait quand il faisait des cauchemars ou avait mal au ventre au beau milieu de la nuit.

Un rai de lumière passait sous la porte. Il tendit l'oreille. Ce qu'il avait pris pour des rires était en fait des sanglots. Il hésita. Ondine était assez grande pour surmonter une crise de larmes en pleine nuit. Cela dit, il n'était pas un gosse de riche arrogant, persuadé d'avoir tous les droits au point de la laisser seule avec ses nausées. Qu'il y ait des gens pour le voir ou non.

Il se leva. Il avait vraiment l'impression d'avoir fait n'importe quoi.

Ondine était assise sur le sol de la salle de bains, la tête entre les mains, secouée de sanglots réguliers et profonds. Il sentit son cœur se serrer, sans vraiment savoir comment intervenir.

— Ondine ?

Elle s'immobilisa puis tourna la tête de l'autre côté pour qu'il ne la voie pas.

— Ça va ? demanda-t-il, conscient que sa question était idiote. Est-ce que tu as besoin de quelque chose ?

Là encore, la réponse était évidente.

Elle secoua la tête.

— Non. J'ai juste besoin d'être seule.

Il hocha lentement la tête. Bien. Mission accomplie. Il avait posé la question, elle avait répondu. Pourquoi, dans ce cas, ses jambes refusaient-elles d'obéir et de retourner d'où il venait ?

— Je ne peux pas te laisser dans cet état, dit-il.

Ondine fut pris d'une autre crise de vomissements. Il demeura immobile, impuissant et inutile, le temps qu'elle se redresse. Lorsqu'elle se remit à vomir, il s'accroupit et rassembla ses cheveux en une boule. Sa nuque était trempée de sueur, et elle frissonnait comme si elle avait froid. Il éprouva un accès de colère vis-à-vis de l'homme qui l'avait laissée gérer cela toute seule.

Cela dit, elle n'était pas toute seule, puisqu'il était là, lui.

— Ça va aller, dit-il avec une douceur qui le surprit.

Elle n'entendait probablement pas ce qu'il disait, mais les paroles de réconfort sortaient de sa bouche naturellement, calmement. Elle finit par lever vers lui son visage pâle et baigné de larmes.

— Tu n'es pas obligé, tu sais.

La gêne qu'il perçut dans sa voix lui fit mal. Il se revit cracher de l'eau de mer sur le sable tandis qu'Ondine le tenait par les épaules, apaisant les tressautements de son corps.

— Je sais, mais j'ai envie d'être là, répondit-il le cœur battant.

Il s'assit à côté d'elle.

— Et la raison pour laquelle j'ai envie d'être là, c'est toi.

Elle le regarda. Même le bleu de ses yeux semblait délavé. Il éprouva quelque chose qui ressemblait à de la tendresse.

— Parce que tu m'as sauvé la vie, Ondine.

Elle fut prise de vomissements une fois encore puis se releva, se lava le visage et la bouche avant de retourner dans sa chambre.

— Ça devrait aller, maintenant, dit-elle d'une voix apaisée.

Les cernes sous ses yeux étaient plus sombres, mais la panique avait disparu de son visage.

— D'accord, mais si tu as besoin de quoi que ce soit, je suis là.

Il s'éclaircit la voix.

— Et tu sais que...

Elle hocha la tête.

— Ça va aller. Il faut juste que je dorme. Que nous dormions.

Nous.

Ce mot déclencha l'alarme automatique de son ancien système de défense contre toute sorte d'intimité et d'obligation. C'était l'une des nombreuses contradictions épuisantes de sa vie. Il détestait être seul mais ne laissait personne l'approcher.

« Nous » était le signal qu'il fallait calmer le jeu, prendre un peu de recul. Il évoquait une vie de départs précipités de chambres d'hôtel, de disputes et de promesses faites à contre-cœur qui lui donnait envie de prendre ses jambes à son cou.

Son cœur fit un bond dans sa poitrine. Il n'avait pas envie de prendre ses jambes à son cou. Au contraire, il eut la sensation que des forces le poussaient vers Ondine. Probablement parce qu'elle et lui étaient déjà un genre de couple, tout fictif qu'il soit. Un couple sans passé, sans confiance.

Sur quoi reposait-il ?

Sur une relation sexuelle.

Il leva la tête. Ondine le regardait, vêtue d'un grand T-shirt gris qu'il n'avait pas remarqué jusque-là. Les images de leurs corps enlacés lui revinrent en mémoire, ainsi que les sons qui sortaient de sa bouche, des sons de désir et d'abandon.

S'en souvenait-elle aussi ?

Se souvenait-elle aussi du jour où il lui avait dit que cela ne se reproduirait plus ? Il était sur le point de lui dire qu'il ne le pensait pas et qu'il regrettait de l'avoir dit mais, par chance, il se ressaisit.

— Dans ce cas, bonne nuit.

Elle hocha la tête.

— Bonne nuit. Et merci.

Il se retourna.

— Merci d'être resté avec moi. C'est gentil.

Était-elle en train de le remercier ? Il plongea son regard dans le sien.

— Je suis content que cela t'ait fait du bien, dit-il, sincère.

Ils se regardèrent un moment en silence, séparés par quelques dizaines de centimètres de tapis persan.

— À demain, finit-il par dire.

C'est déjà demain, se dit-il en retournant se coucher.

Dehors, le ciel commençait déjà à éclaircir. Tout paraissait gris, à présent. La couleur du compromis.

Le mot « compromis » ne faisait pas partie de son vocabulaire. Ni de sa vie. Et ce mariage factice n'y changerait rien. Dans sa tête, tout était en noir et blanc. Son argent en échange de la complicité d'Ondine. Le mariage, telle une représentation théâtrale.

Quand il l'avait trouvée assise par terre, dans la salle de bains, il avait continué à jouer son rôle de mari attentionné, alors qu'il n'y avait pas de témoins. Il lui avait caressé les cheveux et le dos, et les contrastes s'étaient atténués. Le monde n'était plus ni blanc ni noir, mais grisé.

Et curieusement, il le supportait bien.

C'était naïf de sa part de penser qu'il n'y aurait pas de compromis à faire dans ce mariage factice. Il se tourna sur le côté et ferma les yeux. Ce qui ne signifiait pas qu'il était prêt à gober tous les mensonges d'Ondine.

Ils faisaient des progrès.

Ondine regarda son assiette vide et se cala contre les oreillers.

Elle avait mangé deux toasts entiers et, au lieu d'avoir envie de vomir, elle se sentait grisée, presque ivre. Pouvait-on se soûler avec des tartines ?

Les dernières semaines lui avaient appris que tout était possible, même les situations les plus improbables. Les miracles existaient et, pour être honnête, le simple fait de ne plus vomir changeait ses journées.

Son corps avait toujours été le seul élément stable de sa vie, sur lequel elle pouvait compter. Jusqu'à ce voyage pour Martha's Vineyard où, soudain, elle avait eu l'impression de vivre dans le corps d'une autre, auquel elle s'efforçait de s'adapter au jour le jour, ou plutôt d'heure en heure.

Elle ne pouvait plus boire de café ni manger de produits laitiers, et la vue d'une pizza, y compris en photo, lui donnait des bouffées de chaleur. Mais elle se sentait mieux et, grâce à Sally, se remettait progressivement à apprécier la nourriture.

La gouvernante était adorable avec elle.

Et ce n'était pas la seule.

Jack et elle étaient en train de prendre le petit déjeuner sur la terrasse. Un parfait petit couple en voyage de noces. Jack, dans un pantalon de pyjama écossais et un T-shirt blanc qui mettait en valeur les muscles de son torse et de ses bras, offrait son beau visage aux rayons du soleil matinal, déjà chaud.

La difficulté n'était pas de jouer la comédie en public. C'était plutôt de se comporter avec naturel quand ils se retrouvaient tous les deux.

Elle porta son verre à ses lèvres et but une gorgée d'eau.

La première nuit, quand il était entré dans la salle de bains, elle aurait voulu se rouler en boule et disparaître. Être malade était déjà difficile, mais le fait que Jack la voie dans cet état avait ajouté à son malaise.

Elle posa les yeux sur son profil magnifique. Pourquoi était-il venu la réconforter ? Pourquoi était-il venu lui tenir les cheveux et lui parler doucement pendant que son estomac se retournait ?

Son cœur se serra.

— Ça va ?

Elle releva la tête. Jack la regardait d'un air inquiet. Sans que cela ne retire quoi que ce soit à sa beauté. Elle détourna le regard. Combien de temps lui faudrait-il pour s'habituer à sa beauté ? Sans doute plus de temps que ne durerait leur couple.

— Tu as de nouveau la nausée ? demanda-t-il en se penchant vers elle, parce que Sally n'était pas loin.

Elle avait beau ne plus souffrir de nausées, elle avait encore du sommeil à rattraper. Elle ne put s'empêcher de se demander ce qu'elle éprouverait si Jack ne faisait pas semblant, s'il était vraiment inquiet pour elle.

Elle secoua la tête.

De toute façon, Jack Walcott ne la verrait jamais comme autre chose qu'un moyen de remettre de l'ordre dans sa vie. Et non pas qu'elle ait envie qu'il en soit autrement.

Tu mens.

Elle sentit la chaleur lui monter aux joues. De fait, chaque fois qu'elle laissait son esprit vagabonder, elle ne pensait qu'aux moments torrides qu'ils avaient vécus ensemble dans sa chambre, au goût de ses lèvres et à ses mains qui lui avaient fait oublier tout le reste.

Pas étonnant que ce souvenir soit resté ancré dans sa mémoire. Il s'était passé tant de choses, ce jour-là, libéré tant d'émotions ! Un lien s'était créé entre eux sous l'eau, puis son souffle avait redonné vie à son corps inerte...

Elle prit une profonde inspiration.

— Je me disais simplement que je n'avais jamais vu une aussi belle pelouse.

— Mon grand-père serait ravi de t'entendre, dit Jack. Son

terrain de croquet fait sa fierté et son bonheur. On pourra y jouer si tu veux.

Elle se mit à rire. Cet homme qui, il n'y avait pas si longtemps, était client de l'hôtel où elle était serveuse était devenu son mari et lui proposait, à présent, de faire une partie de croquet.

— Qu'est-ce qui te fait rire ?

— J'ai du mal à m'imaginer jouer au croquet.

Il sourit à son tour, et elle se surprit à penser que les choses étaient presque plus faciles à gérer quand ils se faisaient la guerre.

— Peut-être que tu ne te connais pas vraiment, dit-il doucement.

Ses mots résonnèrent dans sa tête. Elle le regarda, étonnée de l'entendre dire à haute voix ce qu'elle pensait depuis longtemps. Il avait raison : elle ne se connaissait pas. Elle n'avait jamais vraiment su qui elle était, y compris quand elle était devenue adulte.

Ses parents et son frère étaient tous très intelligents, alors qu'elle avait été moyenne pendant toute sa scolarité. La seule matière dans laquelle elle était supérieure à la moyenne était la natation, mais une blessure à l'épaule l'avait obligée à arrêter la compétition. Une semaine plus tard, elle rencontrait celui qui allait devenir son mari. Le premier.

Garrett était beau, travailleur et impatient de commencer la vie qu'il avait planifiée. Et il avait placé Ondine au centre de cette vie-là. Jusqu'à ce qu'il comprenne qu'elle ne pouvait pas lui donner les enfants qu'il souhaitait. En quelques mois, elle s'était retrouvée divorcée, orpheline et tutrice de son frère cadet. Dévastée, terrifiée, à la dérive, elle était tombée sur celui qui serait son deuxième mari – et son deuxième ex-mari. Elle était plus pauvre – mais pas plus avisée, pensa-t-elle en regardant son troisième mari. Dont la seule pensée suffisait à faire rougir ses joues et frissonner le reste de son corps.

Elle avait épousé Jack Walcott pour sauver Oliver. Était-ce

de l'abnégation ? De la folie pure ? Et que se passerait-il à la fin de ce contrat ? Qui serait-elle alors ?

Sally attendait de pouvoir débarrasser la table.

— J'ai envie de marcher jusqu'à la plage, dit-elle pour changer de sujet. J'ai l'impression de ne pas être sortie depuis des semaines.

À Red Knots, on voyait la mer depuis chaque fenêtre, et le jardin impeccablement dessiné était somptueux, mais la beauté des paysages naturels lui manquait.

— Bonne idée, répondit Jack en souriant.

Il leur fallut moins de dix minutes pour arriver à la plage. En parvenant en haut des petites dunes, Ondine eut l'impression d'être un pèlerin débarquant du Mayflower. Elle avait envie de nature, et c'est exactement ce qu'elle avait sous les yeux. Une plage de sable blanc et fin parsemé de petits galets blancs s'étendait à perte de vue. À l'abri de la falaise, se trouvait le tronc blanchi d'un arbre, tel un animal marin échoué. Au-delà du sable, l'Atlantique brillait comme du verre fondu. C'était absolument éblouissant. Et étonnant que cela soit la propriété d'une famille.

— C'est magnifique ! dit-elle.

Jack hocha la tête.

La mer ne ressemblait pas à celle de Floride. Elle était d'un bleu presque lavande.

— J'ai du mal à croire qu'il s'agit du même océan qu'à Palm Beach. Que c'est la même eau.

L'image de Jack sautant du yacht lui traversa l'esprit. Au même moment, elle sentit son énergie changer à côté d'elle et regretta de ne pas pouvoir ravaler ses paroles. Y pensait-il aussi ?

— Tu t'es baigné, depuis ? demanda-t-elle. Depuis ce jour-là, je veux dire.

Il n'était pas nécessaire de préciser de quel jour elle parlait. Il secoua la tête.

— Non, je n'ai pas eu le temps.

Pas eu le temps ?

Cela lui parut improbable. Jack ne travaillait pas, et leur mariage avait exigé de remplir à peine trois documents.

— On pourrait aller nager après le déjeuner, suggéra-t-elle.

— On peut aussi se baigner à la piscine, dit-il.

Il y avait deux piscines, en réalité. Une extérieure, protégée de l'air marin par une épaisse haie de lauriers, et une intérieure. Les deux étaient idéales pour reprendre confiance après l'expérience traumatisante qu'il avait vécue.

— Je pense qu'il vaut mieux ne pas laisser passer trop de temps pour te remettre à l'eau. C'est un peu comme en équitation, il faut...

— Je connais cette théorie, dit-il brusquement. J'ai fait suffisamment de chutes de cheval dans ma vie. Je n'ai pas besoin que tu me fasses la leçon.

— Je ne te fais pas la leçon. Je voulais juste t'aider...

— Je n'ai pas besoin d'aide et encore moins de ta psychologie de sportive amatrice...

— Je ne suis pas amatrice, je suis maître-nageuse-sauveteuse diplômée. J'ai travaillé avec des psychologues pendant les deux ans où j'ai fait partie de l'équipe nationale junior de natation. Tu peux me faire confiance.

— Te faire confiance ? s'exclama-t-il, soudain blême. Comment pourrais-je te faire confiance ?

Il secoua la tête.

Elle le regarda secouer la tête, choquée par ce regain d'hostilité. Elle avait l'impression qu'ils avaient tourné la page. Que leur relation s'était apaisée. De toute évidence, Jack ne partageait pas cette impression.

— Tu as raison. Je ne vois pas pourquoi je fais encore des efforts pour être sympa avec un type qui n'en vaut vraiment pas la peine, dit-elle, soudain lassée de lui, de leur relation, de la situation.

Sans attendre de réponse de sa part, elle tourna les talons et reprit la direction des dunes. Jack était insupportable. Et même pas gentil. C'était pourtant le père de l'enfant qu'elle portait. Elle tourna la tête vers le rivage. La plage était déserte. Il avait disparu.

Son sang ne fit qu'un tour. Elle repartit vers la mer d'un pas leste puis ralentit en le voyant au pied de la falaise, assis sur le tronc d'arbre, l'air abattu comme le jour où il avait dormi dans la chambre d'Oliver et subi le contrecoup de sa noyade.

Elle se posta devant lui, mais il ne leva pas la tête.

— Moi aussi j'ai du mal à te faire confiance, dit-elle. Mais cela ne m'empêche pas de vouloir t'aider, si tu veux bien.

— Tu ne peux pas comprendre, dit-il, le visage crispé.

— Je peux essayer, si tu m'en donnes l'occasion.

Au silence qui s'ensuivit et à l'immobilité de Jack, elle comprit ce qui le tourmentait et le rendait agressif. En fait, elle l'avait compris depuis le début, sans en prendre conscience.

— Tu ne sais pas nager, dit-elle doucement en s'asseyant à côté de lui.

Il ne répondit pas, mais la tension qui se dégageait de lui était éloquente. Son cas était loin d'être une exception. Près de la moitié de la population des États-Unis ne savait pas nager du tout ou pas suffisamment bien pour être en sécurité dans l'eau.

— Tu n'as pas appris quand tu étais petit ?

— Pas vraiment.

— Et c'est un secret ?

Il hocha la tête. Elle attendit, sentant qu'il était sur le point de lui donner une explication.

— Mes parents ont divorcé quand j'étais petit. J'avais des nounous dans les deux maisons, j'ai beaucoup changé d'école.

Je suis passé à côté des cours de natation. Et une fois plus grand, c'était trop tard.

— Pourquoi as-tu sauté de ce yacht ?

— Je ne sais pas. Je ne l'ai pas prémédité. Et je n'avais pas bu ni pris quoi que ce soit. Une impulsion idiote. J'étais fatigué, tout le monde m'insupportait, et j'avais envie de quitter ce yacht. J'ai regardé la mer, et le fait que je ne sache pas nager m'a paru ridicule. Je me suis dit que ce ne devait pas être si difficile que ça.

Il s'arrêta. Ses mains tremblaient.

— Ce n'est pas si difficile quand on sait ce qu'on fait, dit-elle d'un ton neutre. Nous sommes tous débutants en quelque chose, Jack. Tu peux apprendre vite. Et je peux te montrer comment faire. Du moins si tu le souhaites.

Elle le regarda et se sentit nerveuse à l'idée qu'il ne lui fasse toujours pas confiance. Il leva enfin la tête et regarda la mer.

— D'accord, finit-il par dire. Apprends-moi à nager.

Un sourire se dessina sur ses lèvres lorsqu'il ajouta :

— Mais à une condition : que tu me laisses t'apprendre à jouer au croquet.

Elle se demanda s'il était sérieux et décida de jouer le jeu malgré tout.

— Marché conclu, dit-elle. Encore que je ne sais pas comment je vais intégrer le croquet à ma vie.

Il la regarda droit dans les yeux, pour la première fois depuis qu'ils étaient sur la plage.

— Mais c'est ça, ta vie. C'est notre vie.

Ce n'était que des mots, mais elle sentit son cœur s'emballer. Ils n'étaient qu'à quelques centimètres l'un de l'autre et demeurèrent ainsi pendant ce qui lui sembla être une éternité. Sans bouger, sans parler, les yeux dans les yeux, jusqu'à ce que leurs visages se rapprochent l'un de l'autre, imperceptiblement…

— Il vaut mieux que nous rentrions, dit il finalement. Sally doit être en train de se demander ce qui nous est arrivé. Elle risque d'appeler les secours.

Elle lui emboîta le pas. Elle n'avait besoin ni des pompiers ni du SAMU. Le seul danger qu'elle courait était dû à son désir insensé pour l'homme qui marchait devant elle.

7

— Vas-y, Jack. Continue. Tiens encore un peu, voilà, c'est bien. Repos !

Jack poussa un gros soupir en reposant les haltères sur le sol du club de gym. Il était couvert de sueur et avait l'impression que tous ses muscles hurlaient de douleur. Il s'adossa au mur et regarda le visage impassible de Mark, son coach.

— Tu as fait du bon travail, dit ce dernier à la fin de la séance. Mais une séance de yoga te ferait du bien. Tu avais l'air un peu ailleurs, ajouta-t-il. On ne peut travailler les muscles et l'endurance qu'avec un mental fort et apaisé.

Ils se serrèrent la main.

— À mercredi !

— Je serai là.

— Tu as intérêt. Tu sais que sinon, c'est moi qui irai te chercher.

Mark était originaire de New York, mais il l'avait coaché à Londres, Paris, Saint-Barthélemy, Tulum et Ibiza. Ils n'étaient pas amis pour autant. En fait, Jack connaissait aussi peu de choses sur lui que lorsqu'il avait commencé à le coacher, quatre ans auparavant. Cela dit, c'était probablement la personne la plus fidèle et la plus fiable de sa vie, après son grand-père.

Jack regarda la salle vide. Son cœur battait fort, à cause du sport, bien sûr, mais aussi à cause d'un sentiment qu'il sentait se développer en lui, comme chaque fois qu'il était seul, sans rien pour empêcher ses pensées de suivre le chemin glissant le ramenant à son passé.

Pas seulement à son passé, d'ailleurs.

De l'extérieur, il semblait faire partie de différents cercles, dont certains se chevauchaient : celui des amis de la famille, des amis d'amis, des personnes qu'il avait connues tout au long de sa scolarité. Tous ces gens étaient systématiquement là lors des fêtes et des événements qui jalonnaient son agenda. Mais étaient-ce vraiment des amis ? S'intéressaient-ils vraiment à lui ? Pouvait-il leur accorder sa confiance ?

Il sentit la panique l'envahir et son cœur tambouriner dans sa poitrine.

Qui pouvait-il appeler ?

C'était la question que lui avait posée Ondine, le jour où il avait failli se noyer. Une question simple à laquelle il n'avait pourtant pas répondu. Car la réponse qu'il avait trop honte de donner était qu'il n'avait personne à appeler. Aucun de ses soi-disant amis ne l'avait contacté ce jour-là pour savoir où il était et comment il allait. Ce n'était pas leur faute, cela dit. C'était lui qui avait été blessé trop tôt, trop profondément, trop souvent pour pouvoir se lier avec les autres.

Les mêmes images repassaient en boucle dans son esprit. Même si sa mère avait décroché le téléphone, elle lui aurait dit d'appeler son père. Ce qui n'aurait servi à rien, car la nouvelle femme de son père, qui filtrait systématiquement ses appels, lui aurait donné sa réponse habituelle, à savoir que son père le rappellerait.

Ce qui ne se produisait jamais.

La seule personne qu'il aurait pu appeler était son grand-père.

Il avait failli le faire, ce jour-là, à Palm Beach. Mais il l'avait tellement sollicité, par le passé ! Le jour où il avait conduit en état d'ivresse à Los Angeles ; le jour de la fête, dans cet hôtel, à Cannes, où sa chambre avait été saccagée ; celui où on l'avait arrêté en possession de drogue. Toutes ces situations avaient été affrontées et réglées dans la plus grande discrétion par cet homme, à la fois protecteur, mentor, père et grand-père. John D. Walcott était la seule personne qui tenait à lui et qui l'aimait.

C'était à lui qu'il voulait montrer qu'il avait changé, qu'il s'était rangé. Or, ce qui s'était passé sur le yacht n'était pas un témoignage de sagesse et de maturité. C'est pourquoi il ne l'avait pas appelé ce jour-là. Mais aussi parce que s'il avait entendu la voix tranquille et bienveillante de son grand-père, il aurait probablement éclaté en sanglots.

Il serra la mâchoire. Il n'avait plus pleuré depuis le jour où, à cinq ans, il était tombé d'une chaise et s'était cassé le bras. Plus tard, à l'hôpital, les infirmières lui avaient répété qu'il était courageux. Mais ce n'était pas vrai. Il savait simplement que pleurer ne servait à rien, que les larmes n'avaient le pouvoir de mettre fin aux mauvaises choses que dans les contes de fées. Il craignait aussi de ne plus pouvoir s'arrêter, s'il se mettait un jour à pleurer.

Il regarda par la fenêtre. La piscine avait des reflets du même bleu que les yeux d'Ondine. Le jour de la noyade, avec elle, il n'avait pas pleuré mais jamais, en trois décennies, ses larmes n'avaient été aussi près de couler. Sur la plage, elle lui avait tenu la main avec la même assurance que lorsqu'elle l'avait sorti de l'eau.

Quand elle lui avait demandé s'il avait nagé depuis, il avait paniqué et fait ce qu'il faisait toujours dans ces cas-là, à savoir rejeter les autres. Sans surprise, elle était partie. *Mais* – et c'était là une première dans sa vie – elle était revenue sur ses pas, pour l'écouter. Et il avait fini par lui dire la vérité.

Elle avait été surprise, mais ne l'avait pas laissé tomber comme ses parents ni n'avait détourné le regard comme ses soi-disant amis. Elle avait pris sa main dans la sienne et était restée avec lui, comme elle l'avait fait à l'hôpital et quand il avait dormi dans la chambre de son frère adoré.

D'un autre côté, Ondine était aussi une manipulatrice qui essayait de le persuader qu'il était le père de l'enfant qu'elle portait.

Comment ces deux personnalités pouvaient-elles cohabiter en une seule et même femme ? C'était une question à laquelle il avait besoin de trouver des réponses, maintenant que sa colère initiale s'était apaisée et qu'il passait plus de temps avec elle.

Qui était Ondine Wilde Walcott ? Il l'avait traitée à plusieurs reprises d'opportuniste, de perfide, de manipulatrice, mais il ne voyait pas vraiment en elle de traces de ces défauts. Au contraire, elle était, brillante et drôle, parfois énervée et, à l'occasion, énervante. Mais elle était aussi patiente, compatissante et à l'écoute. Et, parfois, quand il l'observait sans qu'elle le sache, il sentait qu'elle portait un poids qui n'avait rien à voir avec sa grossesse.

Et si elle ne lui avait pas menti ? S'il était vraiment le père du bébé ? La panique s'empara de nouveau de lui. Un homme aussi abîmé que lui ne pouvait pas avoir d'enfants. Il ne saurait pas par où commencer.

Ondine, en revanche, saurait s'y prendre. Peut-être pourrait-elle lui montrer. Elle lui avait proposé de lui apprendre à nager. S'il le souhaitait.

Le souhaitait-il ?

La pensée qu'elle le tienne pendant qu'il ferait des mouvements lui rappela le jour où ils avaient fait l'amour et qu'il s'efforçait d'oublier, à plus forte raison depuis qu'il avait appris qu'elle était enceinte. Mais vouloir oublier revenait souvent à se faire croire qu'il ne s'était rien passé. Or, il s'était passé quelque chose. Il s'agissait sans doute d'une pulsion irrépressible provoquée par le choc de sa quasi-noyade, d'un besoin fébrile de se raccrocher à quelque chose ou à quelqu'un pour reprendre goût à la vie.

Mais il n'avait pas vraiment recouvré le goût de la vie. Il se sentait tel un homme qui rampe dans le désert et à qui on donne un verre d'eau avant de le lui arracher des mains.

S'il ne pouvait reléguer cet épisode dans un coin de sa mémoire, la solution consistait à bloquer ce besoin traître et mortifère qui semblait vouloir le tirer vers le fond. Et, pour ce faire, il fallait qu'il apprenne à nager.

Ondine regarda Jack jeter en l'air une pièce qui sembla défier la gravité et s'immobiliser, l'espace d'un instant, avant de retomber en tournant.

— Pile ou face ? demanda-t-il en plaquant la pièce sur le dos de sa main.

— Pile, répondit-elle promptement.

Il esquissa un sourire.

— À vous l'honneur, madame Walcott.

Jack l'avait invitée à jouer au croquet après le déjeuner. Ils se trouvaient à présent sur la pelouse d'un vert immaculé, parfaitement tondue. Elle avait presque eu mal pour elle quand il y avait enfoncé les arceaux.

— Prête ?

À jouer au croquet : oui.

À jouer au croquet avec lui : elle était moins sûre.

Elle allait devoir se contrôler chaque fois qu'elle entrerait en contact avec lui, verbalement ou physiquement. Elle s'efforçait d'ignorer les effets qu'il produisait sur elle, mais c'était de plus en plus difficile, à mesure que les jours passaient. Pourquoi fallait-il qu'il soit beau comme un dieu et sexy comme le diable ? Il portait un pantalon de toile, une chemise et une casquette de base-ball, comme la plupart des résidents masculins du Whitecaps. Un genre d'uniforme qui lui donnait l'impression de voir la même personne partout dans l'hôtel.

— Prête, répondit-elle.

Il inclina la tête.

— *Morituri te salutant*, dit-il. Ce qui signifie : « Ceux qui vont mourir te saluent. » Ce sont, paraît-il, les paroles que les gladiateurs disaient à Jules César en entrant dans l'arène.

— Tu cherches à me distraire ?

— Non, au contraire, dit-il en souriant. Je veux juste que tu sois tout à fait prête.

— C'est du croquet, Jack, pas un jeu *battle royale*.

— Le croquet est le jeu le plus brutal et le moins fair-play que je connaisse. Je t'aurais prévenue.

Une demi-heure plus tard, elle conclut qu'il avait raison quand il frappa sa balle si fort avec la sienne qu'elle alla se perdre hors de l'aire de jeux.

Il la regarda en souriant.

— Tu vois, ce jeu comporte deux aspects. L'aspect physique et l'aspect stratégique. Les meilleurs joueurs sont des stratèges.

On pouvait en dire autant de la vie. Ses talents stratégiques étaient à peu près nuls, comme en témoignait la direction qu'avait prise sa vie. Quoique, curieusement vu tout ce qui lui arrivait, elle eût l'impression que sa situation s'était légèrement améliorée.

— Tu es plutôt douée pour quelqu'un qui n'a jamais joué, dit-il à la fin de la partie. Il faut juste que tu sois impitoyable. Comme moi.

Sa silhouette athlétique se découpait contre le ciel inondé de soleil.

— Tu n'es pas impitoyable ! dit-elle en se remémorant la nuit où il était venu lui tenir les cheveux dans la salle de bains.

Il n'y avait pas de témoins, à ce moment-là. Quelles que soient les raisons pour lesquelles il était venu à sa rescousse, on ne pouvait pas dire de lui que c'était un être sans pitié. Pas plus qu'en cet après-midi de croquet, où il s'était révélé être un excellent professeur – détendu, amusant, encourageant. Le temps venu, il ferait sans doute un très bon père.

Sa gorge se serra.

À condition qu'il accepte d'être père.

Elle n'avait plus mentionné le bébé depuis leur conversation houleuse, sur la terrasse. Mais ce ne pourrait pas être un sujet tabou éternellement.

Elle avait la sensation que quelque chose avait changé entre eux. Mais quoi ? Ses nausées matinales avaient peut-être créé une sorte de trêve. Ce qui ne signifiait pas que Jack soit prêt à reconnaître qu'il était le père du bébé. De toute façon, elle n'était pas sûre de vouloir élever cet enfant avec lui. Bien entendu, elle rêvait de fonder une famille unie et épanouie. Mais le couple qu'elle formait avec Jack n'était ni l'un ni l'autre. Il ne reposait pas sur l'amour et n'était pas voué à durer.

— Si tu le dis, dit-il sans cesser de sourire. Et tu peux améliorer facilement tes coups notamment en baissant légèrement la tête quand tu frappes, tout en serrant moins le maillet. Je peux te montrer. Du moins si tu le souhaites.

Ses derniers mots faisaient clairement référence à ce qui s'était passé la veille sur la plage. Elle n'en revenait pas qu'il se soit confié à elle. Ce qui l'avait choquée était non pas qu'il ne sache pas nager – c'était le cas de beaucoup de gens –, mais qu'il ait tout de même pris la décision de sauter du yacht.

Elle n'était pas sûre de croire la raison qu'il avait invoquée. Elle avait passé suffisamment de temps avec lui pour comprendre qu'il soit frustré de se trouver bloqué sur un yacht et qu'il se montre parfois impulsif. Elle n'en serait pas là s'il ne l'était pas. Mais elle ne pouvait pas s'empêcher de penser qu'il y avait autre chose.

Peut-être aurait-elle dû le lui demander franchement. Elle était bien placée pour savoir à quel point il était difficile d'avouer ses faiblesses à quelqu'un. D'ailleurs, quelles raisons avait-elle de ne pas lui dire toute la vérité la concernant ?

La tristesse l'envahit à l'idée qu'il refuse d'accepter sa paternité, qui était pourtant une réalité. À part un embryon qu'il ne voulait pas reconnaître et deux signatures sur un bout de papier, rien ne les reliait.

Elle déglutit, la gorge soudain sèche.

C'était faux. La veille, sur la plage, ils avaient failli s'embrasser. Le désir qu'ils faisaient l'un et l'autre semblant de ne pas voir s'était manifesté, irrépressible. Leurs visages s'étaient rapprochés, tout doucement, jusqu'à ce qu'il rompe le charme et s'écarte en prétextant l'urgence de rentrer pour que Sally ne s'inquiète pas.

Mais peut-être n'était-ce que l'émotion de leur conversation. Et le fait de se retrouver de nouveau sur une plage. Tout aurait été bien différent s'ils s'étaient regardés dans les yeux sur la pelouse impeccable de son grand-père.

Elle sentit le regard de Jack et leva la tête. Depuis combien de temps attendait-il sa réponse ?

— D'accord, je veux bien que tu me montres, dit-elle enfin. Mais à une condition : que tu viennes à la piscine avec moi tout à l'heure.

Il lui adressa l'un de ses sourires en coin qui lui coupa le souffle et s'approcha d'elle. Elle sentit son pouls changer de vitesse quand il se posta derrière elle et posa les mains sur les siennes.

— Regarde, ce qui compte n'est pas tant la position de tes mains sur le manche du maillet que la pression que tu exerces. Il faut que le bois puisse glisser sous tes doigts.

Elle tenta désespérément de se concentrer sur ce qu'il disait, obnubilée par le contact de son corps contre le sien et la chaleur qui s'en dégageait.

— Comme ça, dit-il d'une voix grave dont elle sentit les vibrations se répercuter dans tout son corps. Tu sens qu'il est plus facile de frapper la balle comme ça ?

Elle hocha la tête, incapable de prononcer un mot. Elle serait volontiers restée dans cette position, contre lui, dans ses bras, pour le restant de ses jours, mais elle se ressaisit et s'écarta.

— Je vois, merci, dit-elle d'un ton un peu trop sec.

— Je t'en prie. Mon grand-père t'en parlerait mieux que moi. C'est lui, le champion. D'ailleurs, je vais lui envoyer une photo. Il sera content.

Il se tourna vers la gouvernante qui venait de déposer une carafe de limonade sur la table.

— Sally ! Est-ce que vous pourriez prendre une photo de nous, s'il vous plaît ?

Ils avaient déjà pris beaucoup de photos d'eux. Au début, elle avait trouvé cela bizarre de poser, tout sourire, à côté de Jack. Elle en avait pris l'habitude mais en éprouvait toujours une certaine gêne.

— Attends, il faut que je...

— Non, il ne faut rien du tout. Tu es très belle.

Ce n'étaient que des mots, mais elle en éprouva un mélange de panique et d'attirance.

— Mettez-vous dos à dos, suggéra Sally. En vous appuyant sur vos maillets. Oui, comme ça, vous êtes parfaits.

Ils se penchèrent, tournèrent la tête l'un vers l'autre puis changèrent de position. Jack la serra contre lui en la tenant par la taille en arborant son sourire toujours aussi dévastateur.

— Merci, Sally, dit-il en récupérant son portable.

Il scruta l'écran, et son expression changea.

— Que se passe-t-il ?

— Rien, dit-il en secouant la tête.

— Fais voir ? Elles sont super, même si on pose. Je ne vois pas ce que...

Puis elle comprit. Elle regarda l'écran, puis zooma.

Elle portait une robe et un cardigan, dont les pans s'écartaient sur la photo, laissant entrevoir un petit ventre arrondi.

— Je ne l'ai pas encore dit à mon grand-père.

Elle avait longtemps esquivé cette conversation, mais elle ne pouvait plus le faire, désormais.

— Je ne veux pas qu'il l'apprenne incidemment. En même temps, je préfère attendre encore un peu...

Son cœur se serra. Elle connaissait cette sensation. C'était celle qui l'avait incitée à ne pas dire à ses parents qu'elle n'arrivait pas à avoir d'enfant et que Garrett l'avait quittée. Elle-même n'avait pas encore trouvé l'occasion de parler à Oli de son mariage avec Jack ni de sa grossesse. Mais c'était différent. Du moins cela lui semblait-il l'être.

Son frère avait beau être très intelligent et très mûr, c'était tout de même un jeune homme de dix-neuf ans qui n'avait pas encore beaucoup d'expérience. Il était de son devoir de le protéger, pas de l'inquiéter avec ce qui avait tout l'air d'un mariage précipité parce que la mariée était enceinte. Et, vu son passif matrimonial, il aurait toutes les raisons de s'inquiéter.

— Pourquoi ? demanda-t-elle, un sourire pincé sur les lèvres. Tu n'as qu'à faire preuve de ta persuasion légendaire. Non, oublie ça. J'ai une meilleure idée. Tu pourrais tout nier en bloc. Tu es très fort pour ça, dit-elle sur un ton qu'elle jugea un peu trop amer.

L'homme charmant et souriant qu'elle avait sous les yeux quelques instants plus tôt avait disparu.

— Je ne nie pas sans raisons et je suis désolé si cela ne te plaît pas, mais...

Elle eut un haut-le-cœur mais, cette fois, ce n'étaient pas les hormones. C'était la colère, la frustration et un sentiment atroce et familier d'avoir fichu sa vie en l'air.

— Ce qui ne me plaît pas, c'est que ce bébé soit rejeté avant même d'être né. Maintenant, je vais m'allonger. Seule.

Et, sans lui donner une chance de répondre, elle tourna les talons et se dirigea vers la maison.

Jack repoussa son assiette et regarda la chaise vide sur laquelle Ondine s'était assise pour le petit déjeuner et pour le déjeuner, et sur laquelle elle se serait assise pour le dîner si elle n'avait pas envoyé un message, par l'intermédiaire de Sally, pour dire qu'elle était fatiguée et souhaitait se coucher tôt.

Elle disait sans doute vrai en ce qui concernait la fatigue, mais il sentait aussi qu'elle l'esquivait.

Il regarda son dessert et se retint de jeter l'assiette contre le mur. Il avait eu envie d'aller la voir et de lui demander de venir dîner mais s'était ravisé. Non seulement elle aurait probablement refusé, mais surtout il voulait qu'elle ait envie de venir, pas qu'elle se force à être avec lui. Il voulait revenir à ces instants précieux comme quand, sur le terrain de croquet, ils s'étaient regardés, yeux dans les yeux, et où il avait senti que l'attraction était là. Et mutuelle.

En voyant les photos que Sally avait prises, il avait été choqué, mais Ondine était sortie de ses gonds, comme elle l'avait fait sur la plage. Si ce n'est que, cette fois, elle n'était pas revenue. Et qu'elle lui manquait…

Non, ce n'était pas tout à fait cela.

Il se leva et sortit de la pièce en tentant de calmer sa respiration. Tout aurait été si simple, si Ondine n'était pas tombée enceinte ! Leur relation serait restée ce qu'elle était au départ, à savoir un contrat. Or, à présent, il ne s'agissait plus seulement d'échanger de l'argent contre une apparence de vie rangée.

Il s'était confié à elle, lui avait avoué qu'il ne savait pas nager et lui avait donné un cours de croquet. Il déglutit en pensant au contact de son dos contre lui et au désir qu'il avait ressenti à ce moment-là. Un désir auquel il était impossible de résister. Et qu'il était impossible de nier, en dépit de son expertise supposée en la matière.

Il s'arrêta en prenant conscience que ses pas l'avaient amené à la piscine intérieure. Il fixa le bassin et sentit les battements de son cœur accélérer. Contrairement à l'océan, l'eau était claire, sans vagues. Il voyait le fond. Il avait de la force et une bonne condition physique. Cela ne devait pas être tellement difficile...

— N'y pense même pas.

Il se retourna brusquement. Ondine se tenait dans l'embrasement de la porte, le visage méfiant, comme si elle n'était pas sûre qu'il accueille bien sa présence. Mais elle lui avait donné rendez-vous à la piscine et elle était là.

— Je n'avais pas l'intention de sauter, dit-il.

Il avait envie de surmonter cette peur idiote et irrationnelle mais ne savait pas comment s'y prendre. Or, Ondine était là, qui avançait vers lui.

— Tant mieux, dit-elle d'un ton calme. Parce qu'il y a des règles à suivre quand on est près de l'eau. Et, si tu veux que je t'apprenne à nager, il va falloir que tu les suives. La première : on n'entre pas dans l'eau tout seul quand on est débutant.

— Pas même sous la douche ? demanda-t-il pour le seul plaisir de la voir s'efforcer de ne pas rire.

Mais elle ne sourit pas. Elle le fixa et retira sa robe.

Jack sentit son corps se figer et regarda Ondine de la tête aux pieds. Son maillot était composé de quatre petits triangles de tissu orange foncé. À vrai dire, il n'en voyait que trois, mais il imagina le quatrième...

— Tu vas donc entrer dans l'eau avec moi, et nous ne devrons pas nous éloigner l'un de l'autre. Penses-tu que tu vas pouvoir retenir cela, Jack ?

Il détacha les yeux des triangles orange et hocha la tête avant de s'éclaircir la voix.

— Oui, je vais retenir ça.

— Bien. Dans ce cas, va mettre ton maillot.

8

Ondine était une excellente pédagogue. Patiente, précise, stimulante sans être omniprésente, comme si elle avait passé sa vie à apprendre à des trentenaires à faire la planche. Ce qui expliquait peut-être qu'il ne soit pas aussi mal à l'aise qu'il ne le craignait chaque fois qu'il s'était imaginé prendre des cours de natation.

Au bout d'une demi-heure, il parvint à s'écarter un peu du mur et à faire la nage du petit chien.

— À qui as-tu appris à nager ? demanda-t-il, quand ils allèrent s'asseoir sur les marches du bassin.

C'était la première fois qu'il était détendu dans l'eau. En général, il avait trop peur que quelqu'un le pousse pour rire. Avec Ondine, il se sentait en sécurité.

— Surtout à des enfants. Mais aussi à des adultes. Tu n'es pas le seul à ne pas avoir appris jeune, dit-elle en lui adressant l'un de ses sourires timides.

Tant qu'ils avaient été dans l'eau, il avait réussi à rester concentré sur les instructions qu'elle lui avait données. Mais à présent, il était terriblement conscient du fait qu'elle se tenait presque nue à quelques centimètres de lui.

— Et toi, tu as appris tôt ? demanda-t-il dans l'espoir que la conversation le distraie de ses sensations troublantes.

— Oui, j'ai appris toute petite et j'ai fréquenté plusieurs clubs, en grandissant.

Elle hésita.

— En fait, je n'étais pas très douée à l'école. Pas comme Oli. Et mes parents savaient que cela me gênait. Alors ils m'ont inscrite à des tas d'activités pour que j'en trouve au moins une dans laquelle je serais bonne.

— C'est comme ça que tu t'es prise de passion pour la natation.

— Oui, plus que pour le violon, dit-elle en souriant. Ensuite, j'ai été sélectionnée dans l'équipe nationale de natation junior. Les entraîneurs étaient incroyables. Certains des jeunes avec qui je m'entraînais ont fait des compétitions internationales. Malheureusement, je me suis blessée à l'épaule.

— Et tu as arrêté de nager ?

— J'ai arrêté la compétition. Je m'en suis remise, maintenant, mais à l'époque ça a été difficile à vivre. Je voulais tellement que mes parents soient fiers de moi !

— Tu sauves des vies, je suis sûr que cela les rend encore plus fiers que des médailles.

Il la sentit se crisper légèrement.

— Mes parents sont morts, avant que j'aie mon diplôme.

Jack jura tout bas.

— Je suis désolé.

— Tu ne pouvais pas savoir, dit-elle avec un haussement d'épaules.

Il s'en voulut. Leur mariage était factice, mais Ondine était un être humain, et perdre ses parents était une épreuve difficile et bouleversante à n'importe quel âge, et inhumaine quand on était enfant.

— Ça a dû être dur, dit-il doucement, incapable de trouver des mots plus adéquats pour exprimer sa compassion.

Elle hocha la tête.

— C'est pour ça qu'Oli habite chez moi. Il avait quinze ans, à l'époque. C'est moi qui ai voulu qu'il vienne vivre avec moi.

Il avait remarqué que sa voix s'adoucissait quand elle parlait de son frère que, manifestement, elle adorait. Il s'en voulait aussi d'avoir trouvé sa maison un peu minable et de l'avoir jugée, elle qui cumulait les emplois pour pouvoir faire vivre son frère.

— C'est pour ça que tu n'as pas d'argent ? demanda-t-il sans ambages.

Elle baissa la tête et ne répondit pas d'emblée.

— C'est à cause de mon ex-mari, finit-elle par dire d'une voix blanche. Le deuxième, je veux dire.

— Qu'est-ce qu'il a fait ?

Il sentit la colère monter en lui. Mais Ondine secoua la tête.

— Je ne sais pas pourquoi je dis ça. Ce n'est pas sa faute à lui. Je veux dire qu'il était dépensier, mais je le savais depuis le début. Il ne l'a jamais caché. Il ne m'a pas forcée à l'épouser non plus.

— Tu étais amoureuse ? s'entendit-il demander, pas certain d'apprécier la réponse.

— Non, je ne crois pas. Je l'ai rencontré juste après l'enterrement de mes parents. J'étais triste, et lui n'avait qu'une envie : que je sois heureuse. Vince est un grand enfant, un chien fou. Je le savais, mais je l'ai quand même épousé.

Jack la regarda, perplexe. Généralement, ce genre de conversation intime était le signal qu'il devait partir. Or, non seulement il n'avait pas envie de quitter Ondine, mais il avait, au contraire, envie d'être plus proche d'elle.

— Tu étais en plein deuil. On fait des tas de choses bizarres quand on souffre.

Il était bien placé pour le savoir. Il lui prit la main, mais elle se dégagea.

— Je l'ai épousé parce que j'étais triste et que j'avais peur, et qu'il me faisait rire. Il me faisait oublier. Tout ce que je voulais, c'était oublier, retrouver le sourire et qu'Oli retrouve le sien. Je ne pensais pas à l'avenir ni à quoi l'argent était censé servir. Ce n'est qu'en voyant les factures s'accumuler que je me suis réveillée. Que j'ai grandi.

Sa voix était emplie d'une culpabilité qu'il aurait voulu faire disparaître d'un claquement de doigts.

— Qu'est-ce que tu as fait ?

— Je lui ai demandé de partir. Nous avons divorcé, et j'ai trouvé ce travail au Whitecaps. Tout allait bien jusqu'au moment où j'ai reçu un appel de Vince m'annonçant que l'argent destiné à payer les études d'Oli s'était volatilisé parce qu'il avait fait un mauvais placement avec. C'était le jour où je t'ai rencontré. Tu venais de partir de chez moi. J'ai appelé Stanford dans l'espoir d'obtenir une bourse, mais ils ne pouvaient rien faire. Et la banque a refusé de m'accorder un prêt. De toute façon, il n'aurait jamais pu couvrir cette somme.

Il se demanda si cela avait un lien avec le fait qu'elle soit venue le voir dans son bungalow.

— C'est ce qui t'a fait changer d'avis et accepter ma proposition ? demanda-t-il, le cœur battant.

L'argent était destiné à payer les frais de scolarité d'Oliver. Ondine avait agi avec la dévotion instinctive d'une mère protégeant ses petits, en mettant de côté ses réticences justifiées à épouser pour de l'argent un homme qu'elle ne connaissait pas. Et il l'avait jugée là-dessus, avec le même empressement que celui avec lequel les gens le jugeaient, lui. Alors qu'il était désormais évident que la femme assise à côté était incapable d'assumer le mensonge qu'il avait lui-même créé.

Il se sentit honteux. Dans sa tête, comme dans un manège, tournaient tous les mensonges qu'il s'était racontés pour faire avancer sa vie, les vérités qu'il gardait, tapies au fond de lui, les questions qu'il ne pouvait pas poser et auxquelles il pouvait encore moins répondre.

— L'argent était pour ton frère, dit-il.

Elle hocha la tête.

— Il a déjà perdu tant de choses dans sa vie. Je ne pouvais pas lui voler aussi son avenir.

La douleur était perceptible dans sa voix. Il tendit la main vers la sienne et, cette fois, elle le laissa faire.

— Tu ne lui as rien volé. Tu lui as donné un toit, ton amour…

— J'étais censée prendre soin de lui et j'ai été idiote, insouciante, égoïste…

— Tu n'as aucun de ces défauts, dit-il en l'attirant contre lui. Tu es courageuse et loyale. Oliver a de la chance de t'avoir pour sœur.

Elle se mit à pleurer. Il la serra contre lui un moment, le temps que ses sanglots s'apaisent. Puis il lui souleva doucement le menton et plongea le regard dans le sien.

— Tu n'as pas à t'inquiéter pour l'argent, compris ? Tu es avec moi, maintenant. Je vais m'occuper de toi. Et du bébé. Et d'Oliver. Je te donnerai tout ce dont tu as besoin.

— Tu n'es pas obligé. De fait, il ne faut pas que tu le fasses. M'épouser était censé mettre fin à tes décisions impulsives.

Elle se tut. Son pouls faisait battre la peau délicate de son cou.

— C'est toi qui me rends impulsif.

Ondine rougit légèrement. Et, comme pour illustrer ce qu'il venait de dire, il se pencha vers elle et l'embrassa. En sentant ses lèvres se crisper, il se figea. Il faisait décidément n'importe quoi. L'attraction qu'il imaginait réciproque était en réalité un mirage, une illusion qu'il avait créée de toutes pièces.

Mais Ondine prit soudain son visage entre ses mains et répondit à son baiser avec une fougue et une douceur qui lui coupèrent le souffle.

Il avait seulement voulu goûter ses lèvres. Mais maintenant qu'elle était dans ses bras, il avait envie de son corps, de l'embrasser, de le caresser… Mieux valait mettre de la distance entre eux. L'embrasser sur le front. Évoquer le besoin de limites entre eux. Mais c'était impossible. Ce baiser l'emplissait d'un désir aussi impétueux qu'irrépressible.

Il la prit dans ses bras et sortit de la piscine, puis la déposa sur une chaise longue. Il avait envie de prendre le temps qu'ils n'avaient pas pris la première fois et de déguster ce corps magnifique.

Il posa la bouche sur le bout de son sein, et elle se cambra en gémissant, mettant à rude épreuve sa détermination à prendre son temps. Puis elle retira son short de bain et prit son sexe déjà dur dans sa main. Le souffle court, il la regarda le prendre dans sa bouche. La sensation de sa langue sur son sexe était à la fois pleine de douceur et irrésistible.

Ondine releva la tête. Son corps tout entier était en train de s'embraser. Le désir de prendre Jack dans sa bouche était implacable, elle avait envie qu'il ait du plaisir, envie de jouer avec la langue sur la peau douce de son sexe.

Puis il poussa un râle et se redressa. Il se tenait debout devant elle, comme dans ses rêves. Nu, sans complexe, magnifique. Et excité. Très excité.

Elle le regarda s'agenouiller devant la chaise longue et passer les mains sous son bikini pour le faire glisser le long de ses jambes. Il hésita puis caressa son ventre, doucement, avec révérence. Ses mains descendirent jusqu'à ses genoux, puis remontèrent à l'intérieur de ses cuisses, qu'il écarta doucement. Elle se cambra, impatiente de ce qui allait suivre. Il approcha le visage, et sa langue trouva son clitoris. Elle gémit. Jamais elle n'avait éprouvé ces sensations. Tremblante de désir, le bout des seins dur à en être douloureux, elle rapprocha le sexe de la bouche de Jack et appuya la tête contre le dossier de la chaise longue en se tortillant de plaisir, jusqu'à sentir son corps exploser.

Jack s'écarta et vint poser la bouche sur la sienne. Elle l'attira à lui, pressant le sexe contre son membre dressé.

— Tu es sûre ? dit-il d'une voix rauque.

— Oui, je suis sûre. J'ai envie de te sentir en moi...

Il se remit à l'embrasser et à la caresser puis entra en elle.

Lorsqu'il se laissa tomber à côté d'elle, le souffle court, il l'invita à se blottir contre son épaule. Elle sentit son cœur battre contre ses côtes. Elle n'avait pas envie de rouvrir les yeux. Elle voulait rester là, contre lui, au creux de son bras musclé, comme s'il pouvait la protéger de tout. Elle sentit ses lèvres effleurer ses cheveux.

— Tout va bien, ma chérie, tout va bien.

Tout quoi ?

Au sens littéral, tout allait plus que bien. Tout ce qu'elle venait de vivre était incroyable. Avec Jack, le sexe était un moment merveilleux, sublime.

Ce qui allait moins bien, c'était que ce qui venait de se produire n'était pas qu'un acte impulsif incontrôlable. C'était le résultat d'un choix conscient de leur part, à l'un comme à l'autre. Si tant était que tout ce qui s'était produit depuis le jour où elle l'avait chassé de chez elle puisse être défini comme un choix.

Elle leva la tête. Jack la regardait, les pupilles dilatées.

— Je ne t'ai pas fait mal ?

Elle avait les lèvres gonflées, la bouche meurtrie de l'avoir embrassé avec fougue, elle avait du mal à reprendre sa respiration et ses esprits, mais non, il ne lui avait pas fait mal. Il l'avait transformée.

La première fois qu'ils avaient couché ensemble, ils avaient été mus par un désir brûlant qui les avait consumés l'un et l'autre en quelques minutes. Cette fois, elle avait le sentiment que chacune de ses caresses, chacun de ses gestes avait déverrouillé en elle quelque chose d'animal et de naturel auquel elle n'avait jusque-là jamais eu accès. Et lui avait donné une perception nouvelle de la personne qu'elle était, qu'elle pourrait devenir et qu'elle voulait être.

Maintenant que leurs corps enfiévrés reposaient l'un contre l'autre, tout lui paraissait plus intense, plus vivant. C'était comme si elle venait de naître et voyait les couleurs et les formes pour la première fois. Comme si elle possédait un nouveau corps, dont les gestes de Jack avaient exacerbé la sensibilité. Il avait eu cet effet sur elle. L'homme qu'elle connaissait à peine et qu'elle avait néanmoins épousé venait de produire en elle quelque chose qu'aucun de ses deux premiers maris ne lui avait jamais fait éprouver.

— Tu es sûre ?

Sentant les larmes monter, elle se tourna vers lui et éprouva un sentiment de panique. Regrettait-il déjà ce qui venait de se passer ?

— Tu ne m'as absolument pas fait mal, le rassura-t-elle.

— C'est juste que... Tout est si différent, avec toi. Je ne...

Il hésita, chercha ses mots.

— J'ai du mal à me retenir.

Les larmes perlèrent à ses paupières. Jack la serra contre son torse en lui caressant les cheveux.

— Je ne voulais pas te faire pleurer, dit-il d'une voix désolée.

— Ce n'est pas toi...

Pas uniquement, du moins.

Quoiqu'il figure en tête de liste. Depuis l'instant où elle l'avait vu sauter du yacht, elle avait le sentiment qu'il avait pris en main les rênes de sa vie à elle. C'était comme s'il tenait les ficelles d'un cerf-volant qu'il faisait monter, descendre et virevolter dans un ciel aussi bleu et aussi immense que l'océan. Et ce cerf-volant, c'était elle.

Sur la liste figurait aussi la mort de ses parents, qui l'avait obligée à devenir une mère de substitution pour Oli. Ainsi que les mois où elle avait essayé, en vain, de tomber enceinte de

Garrett et qui s'étaient conclus par un divorce. Sans parler de la stupidité de s'être ensuite mariée avec Vince.

Tout cela s'était produit de manière trop rapide, incohérente, et ne lui avait pas laissé le temps de réfléchir à ce qu'elle voulait vraiment, à ce qu'elle avait envie et besoin de faire de sa vie. Elle avait commis tellement d'erreurs, manqué tellement d'opportunités !

— C'est juste qu'il s'est passé tellement de choses en si peu de temps dans ma vie…

— Je sais, dit-il dans un soupir.

— Et maintenant, il y a toi et…

Elle se retint de dire « ce bébé », de peur d'avoir à se lever et à partir si Jack rejetait cet enfant dans ce moment d'intimité.

— Tu regrettes ce qui s'est passé ? demanda-t-il.

— Non, pas du tout. Et toi ? demanda-t-elle en s'efforçant de dissimuler, en vain, la panique dans sa voix.

Il la regarda droit dans les yeux et secoua la tête.

— Non, dit-il d'une voix ferme avant de l'embrasser – pas seulement sur la bouche mais aussi sur les joues, le front, la ligne de sa mâchoire et dans le creux de son cou. Jamais je n'ai autant désiré une femme que toi. Avec toi, je ressens des choses que je n'ai jamais éprouvées auparavant, que je n'ai jamais pu ni voulu éprouver.

Il plissa le front, comme s'il avait le sentiment d'en avoir trop dit.

— Je ressens la même chose, murmura-t-elle.

Ils se regardèrent dans les yeux un moment avant de se remettre à s'embrasser. Il posa la main sur son sein dont il recommença à caresser la pointe, provoquant une sensation si vive et si intense qu'elle plaqua de nouveau le corps contre le sien et qu'ils recommencèrent ce qu'ils venaient à peine de terminer.

Ondine ouvrit les yeux, lentement, à contrecœur. Le soleil filtrait à travers les rideaux. Jack et elle avait fini par quitter la *pool house* et rentrer dans la maison silencieuse. Ils avaient monté les marches en silence et s'étaient dirigés vers la chambre et le lit qu'ils étaient censés partager et dans lequel ils n'avaient, jusqu'à présent, jamais dormi ensemble.

Tout s'était passé avec le plus grand naturel. Elle avait ouvert la porte, et il l'avait refermée derrière eux. Ils avaient refait l'amour tandis que le ciel s'assombrissait jusqu'à devenir d'encre, puis jusqu'à ce qu'il s'éclaircisse de nouveau et se charge de toutes les nuances de gris.

Elle était seule, à présent, et, aussi ridicule que cela paraisse, l'absence de Jack semblait créer en vide dans sa poitrine.

Elle tendit le bras et caressa le matelas du plat de la main. Elle avait compris qu'il n'était plus dans le lit dès qu'elle s'était réveillée, avant même d'ouvrir les yeux. C'était peut-être dans ses habitudes de partir après avoir fait l'amour avec une femme.

Elle fronça les sourcils. Leur histoire ne pouvait pas être l'une de ses aventures sans lendemain, pour la simple raison qu'ils étaient mariés. Même si ce terme n'avait pas grand sens dans leur situation. Mais que connaissait-elle à l'amour ? Elle avait eu trois partenaires dans sa vie, qu'elle avait tous épousés.

L'idée de mettre Jack sur le même plan que Garrett et Vince la mit mal à l'aise. Ils n'avaient rien à voir les uns avec les autres. Elle avait eu une relation amoureuse avec Garrett et Vince, alors que les sentiments amoureux n'étaient jamais entrés en ligne de compte avec Jack.

Pourtant, c'était sous ses caresses à lui qu'elle s'était tordue de plaisir. Et c'était à lui qu'elle s'était confiée la veille. Jamais elle n'avait rien partagé d'aussi intime avec ses ex-maris. C'était peut-être la raison pour laquelle elle s'était sentie si bien dans ce lit, avec lui.

Chez Garrett, c'était la stabilité dont elle était tombée

amoureuse. Vince, lui, l'avait fait rire, et elle en avait conclu qu'elle recouvrerait sa joie de vivre avec lui. Maintenant, elle se demandait ce qu'elle trouvait en Jack, cherchant un sens plus profond à ce qui n'était sans doute qu'une histoire de peau, de sueur et d'hormones.

Elle regarda les draps froissés. Il n'en demeurait pas moins que sur le plan sexuel c'était sublime, sauvage, incomparable. Elle doutait qu'aucun autre homme que Jack lui donne une telle sensation d'être vivante, belle et désirable à ce point. Mais cela ne suffisait pas. Les relations de couple qui fonctionnaient, comme celle de ses parents, par exemple, ne reposaient pas que sur l'attraction physique.

Elle posa instinctivement la main sur son ventre qui avait commencé à s'arrondir. De toute façon, cette relation ne concernait plus uniquement Jack et elle.

Elle repensa à ce qu'il avait dit et à sa volonté de s'occuper d'elle, du bébé et d'Oli. Il voulait dire « financièrement », et il était évident que l'argent qu'il lui avait allait changer la donne. C'était déjà le cas.

Elle sentait qu'il s'efforçait de la rassurer, qu'il voulait sincèrement l'aider. Ce qui ne signifiait pas qu'il reconnaissait le bébé comme étant le sien. Elle avait bien vu son empressement à éliminer tout signe de sa grossesse sur les photos.

C'était sans doute pourquoi elle avait jusque-là repoussé l'implication de Jack après la naissance du bébé dans un recoin de son esprit qu'elle préférait ne pas consulter trop souvent.

Elle se demandait si elle avait suffisamment insisté pour qu'il croie à son honnêteté. Par moments, elle avait envie de lui parler de Garrett, de leurs tentatives pour qu'elle tombe enceinte et des mois angoissants de déception et de désespoir, pour qu'il comprenne qu'elle n'était pas la manipulatrice perfide qu'il pensait qu'elle était. Elle avait été sur le point de se confier à lui à plusieurs reprises, mais la douleur et la honte étaient incrustées si profondément en elle qu'elle n'avait pas pu prononcer un mot. Mieux valait sans doute ne pas faire de remous.

Mais maintenant ?

— Tout va bien ?

Jack se tenait à l'entrée de la chambre. Son beau visage était calme et impassible, mais ses yeux étaient emplis d'un désir qu'il ne cherchait même pas à dissimuler. Il portait un short et un débardeur de sport noir, et elle se demanda où il avait trouvé l'énergie d'aller faire du sport à cette heure de la journée, après la nuit qu'ils avaient passée.

Mais elle n'allait pas s'en plaindre, se dit-elle en contemplant sa musculature harmonieuse.

— Je me demandais juste quelle heure il était, dit-elle en se redressant.

Le drap glissa et tomba par terre. Elle vit le regard de Jack glisser sur ses seins avec la même liberté que ses mains l'avaient fait dans les heures précédant l'aurore. Ils étaient à présent l'un en face de l'autre, et se regardaient comme deux idiots frappés par la foudre. Il fut le premier à se ressaisir.

— Je ne sais pas exactement, dit-il en traversant la chambre. Quelque part entre l'heure du petit déjeuner et celle du déjeuner.

Elle rit.

— Je présume que cela signifie que tu as faim.

Il la regardait sans ciller.

— Je suis affamé quand je suis avec toi, finit-il par dire d'un air entendu.

Le corps d'Ondine réagit aussitôt, soudain hypersensible à sa présence.

— Moi aussi, j'ai toujours envie de toi, répondit-elle sur le même ton.

Ils se regardèrent. Jack était au pied du lit, toujours aussi beau. Mais son expression se fit sérieuse, et il lui parut soudain plus jeune. Quelque chose en lui lui fit penser à leur conversation sur le tronc d'arbre, au pied de la falaise.

— Je crois que ce mariage se révèle être plus difficile que ce que nous imaginions au départ. Et je sais que j'en suis pour la majeure partie responsable. J'ai beaucoup de défauts, comme tu t'en seras aperçue, mais je ne suis pas complètement idiot. Et je ne suis pas un monstre non plus.

— Je le sais. Je crois que nous devrions parler de ce qui se passe entre nous, mais je ne suis pas très douée pour ce genre de conversations.

— Crois-tu vraiment que je suis plus doué que toi ?

Il hésita et finit par venir s'asseoir à côté d'elle sur le lit.

— Il me semble, simplement parce que tu as dû certainement avoir plus que deux amantes dans ta vie, dit-elle avec un pincement au cœur.

De la jalousie ?

— Hier soir, je me suis confiée à toi et j'étais sincère dans tout ce que je t'ai dit. Mais comme je me suis réveillée ce matin et que tu n'étais plus là, je me suis demandé si je ne m'étais pas fait des illusions. Si tout cela était bien réel...

— Tu crois que j'ai simulé ?

— Non, je ne parle pas seulement de l'aspect physique. J'ai eu l'impression que tu me désirais, que tu avais vraiment envie de faire l'amour avec moi.

— C'était le cas. Ça l'est toujours. Et, ce matin, au réveil, j'ai peut-être eu peur... Non, ce n'est pas vrai. Ce matin, au réveil, j'avais plusieurs idées en tête. L'une d'entre elles étant que nous pourrions continuer comme ça, sans en parler.

Il tendit la main et glissa les doigts entre les siens.

— Alors que ce que j'aurais dû faire, c'était te dire la vérité. Te dire que j'ai eu envie de toi dès le premier jour. Le jour où tu m'as accueilli chez toi. Et que, depuis, je n'ai jamais cessé de te désirer.

Une vague de désir monta en elle.

— Tu n'as pas peur que cela complique les choses ?

— Je crois que la situation est compliquée depuis le début, dit-il doucement, avant de se pencher vers son visage.

Ils s'embrassèrent longuement, voluptueusement, puis elle sentit une tension en lui.

— Qu'est-ce qu'il y a ?

— Je viens de la salle de sport, dit-il. Je ferais mieux de prendre une douche. Je ne suis pas sûr que tu aies envie de moi dans cet état.

Il se trompait. L'odeur de sa sueur mettait ses sens en émoi. Mais elle l'imagina sous la douche, l'eau tombant sur ses muscles encore chauds d'avoir fait du sport, et frissonna.

— Bonne idée, dit-elle. Va prendre une douche.

Elle se leva en s'enveloppant dans le drap.

— Qu'est-ce que tu fais ? demanda-t-il en se retournant.

Face à lui, elle laissa glisser le drap le long de son corps. Les yeux de Jack brillèrent de désir.

— Je viens avec toi, dit-elle. Je ne peux pas te laisser seul dans l'eau. C'est la règle n° 1, tu t'en souviens ?

Elle eut à peine le temps de faire deux pas avant qu'il se jette sur elle et la soulève de terre. Elle éclata de rire et se laissa emporter jusque dans la salle de bains.

9

Jack se cala contre le dossier de son fauteuil et relut le dernier paragraphe de son texte sur l'écran de son ordinateur. Il avait fini de rédiger la proposition finale. Il ne lui restait plus qu'à l'envoyer à son grand-père, mais il ne se sentait pas tout à fait prêt à le faire.

Cela dit, il était bien plus serein qu'il ne l'avait été depuis longtemps. Depuis des années, des décennies, même. Et, pour la première fois depuis longtemps aussi, il était heureux. Il avait de quoi l'être.

Il regarda par la fenêtre. Ondine se trouvait sur le terrain de croquet et s'entraînait, concentrée, le front plissé, les cheveux détachés sur ses épaules. Épaules qu'il avait embrassées et léchées tant et plus, derrière elle, sous la douche, jusqu'à ce qu'elle se penche en avant... En visualisant la suite, il sentit le désir monter violemment en lui.

Au réveil, il avait été surpris par la confiance avec laquelle Ondine dormait, blottie contre lui. Et choqué par ce qu'il avait ressenti alors. Une sensation de justesse qui l'avait tout d'abord fait paniquer et sauter du lit, poussé par un besoin impérieux de faire du sport.

Il n'avait pas rendez-vous avec Mark, mais il avait martelé le sac de frappe à coups de poing pendant une demi-heure avant d'aller sur le tapis de course. Tout en étant conscient d'être en train de fuir la situation.

Il vit Sally s'approcher d'Ondine sur la pelouse. Elles échangèrent quelques mots en riant. Tout le personnel aimait Ondine, car c'était vraiment une bonne personne.

Il éprouva un élan de culpabilité. Ce qu'elle penserait en se réveillant seule dans le lit ne lui avait pas effleuré l'esprit un instant. Pas plus que l'idée de parler avec elle de ce qui s'était passé la veille dans la *pool house*.

As-tu l'intention de faire comme s'il ne s'était rien passé ?

Non, ce n'était pas son intention. Mais il avait peur de parler parce qu'il était lâche et qu'il redoutait ce qu'il pourrait dire. Parce qu'il ne pouvait pas s'avouer – et encore moins l'avouer à Ondine – qu'il ne cherchait pas simplement à passer la nuit avec elle. Il voulait plus. Car avouer cela reviendrait à se montrer vulnérable.

Ondine était plus courageuse, plus forte que lui. Elle n'avait pas eu peur de mettre la conversation sur le tapis tout en avouant qu'elle n'était pas douée pour cela. Quand la vie lui assénait un coup, Ondine ne se contentait pas de se relever, elle essayait toujours de faire les choses bien.

Il sentit son cœur se serrer quand il se remémora le moment où il avait voulu supprimer les photos où sa grossesse était trop visible. Il lui avait dit qu'il prendrait soin d'elle et de ce bébé, mais il comprenait qu'elle doute de sa sincérité. Rien d'étonnant à cela. Il avait déjà du mal à gérer sa propre vie. Au point de sauter d'un yacht en pleine mer sans savoir nager.

Il déglutit avec difficulté. Sa vie était un désastre. Comment Ondine pouvait-elle imaginer qu'il fasse partie de la vie de son bébé ? Car la vie l'avait abîmé. Cela le rendait-il capable d'abîmer les autres ?

Il chassa cette question de son esprit, comme il l'avait déjà fait maintes et maintes fois. Ondine avait besoin de sécurité.

Il était temps de lui montrer qu'elle pouvait s'appuyer sur lui, lui faire confiance. À lui de lui prouver qu'il était capable de faire les choses bien.

Il fourra la main dans sa poche et en sortit son téléphone.

— Je croyais que tu étais en congé...

Il leva les yeux de son ordinateur. Ondine était allongée sur la chaise longue à côté de la sienne, au bord de la piscine. Le ciel était d'un bleu immaculé, presque aussi intense que le bleu de ses yeux.

Qui le fixaient, à présent.

Il referma son ordinateur et se tourna vers elle.

— D'après le site de la compagnie, je suis « en congé sabbatique pour poursuivre des objectifs personnels ». Autrement dit, tout le monde doit me croire en cure de désintoxication.

Il lui adressa un sourire charmeur dans l'espoir de la distraire, mais ses yeux bleus demeurèrent fixés sur lui car, comme il en avait déjà fait l'expérience, Ondine ne se laissait pas facilement distraire. C'était sans doute une déformation professionnelle des maîtres-nageurs-sauveteurs, se dit-il en admirant ses jolies jambes fuselées. Elle portait l'un de ses minuscules bikinis qui, en théorie, ne laissaient pas beaucoup de place à l'imagination mais qui, pour lui, en laissait plutôt trop.

— Alors qu'est-ce que tu fabriques sur ton ordinateur ? Ce doit être passionnant. Je ne t'ai jamais vu aussi concentré. Enfin, si, mais ça ne compte pas, ajouta-t-elle d'un air entendu.

Elle rougit, et il sentit le désir monter en lui.

— Ce n'est pas grand-chose, en fait, prétendit-il. Simplement un projet annexe sur lequel je travaille.

Mais rester évasif ne fonctionna pas.

— C'est tout ce que tu comptes me dire ?

— Je ne sais pas si tu tiens à ce que j'entre dans les détails.

Elle leva les yeux au ciel.

— Je crois que je suis assez forte pour ça. À moins qu'il s'agisse d'un secret.

Il secoua la tête.

— Non, ce n'est pas un secret.

Mais il n'avait pas l'habitude de parler aux gens de ce qui lui tenait à cœur. Or, cette proposition lui tenait vraiment à cœur. Mais il se rappela la douleur dans la voix d'Ondine quand elle s'était confiée à lui au sujet de la mort de ses parents et des agissements de ses ex-maris. S'ouvrir à lui avait dû exiger d'elle un effort certain.

Il pouvait donc faire l'effort de partager cela avec elle.

— C'est un genre de projet annexe, visant à accélérer la transition énergétique du groupe Walcott pour le faire passer des énergies fossiles aux énergies renouvelables. Les choses avancent à pas de fourmis, dans le secteur. Alors que d'ici cinq ans les sources d'énergie auront changé, entre l'hydrogène vert, l'énergie solaire, l'énergie hydraulique et la géothermie. Ce n'est plus l'avenir, c'est le présent. Toutes les entreprises qui ne le comprennent pas auront bientôt un train de retard. C'est pourquoi je veux que nous nous y mettions maintenant.

Ondine le regarda avec intérêt.

— Cela me paraît être davantage qu'un projet annexe, dit-elle. Tu accepterais de me le faire lire ?

Il la regarda en se demandant si elle plaisantait.

— Ne te sens pas obligée...

— Cela m'intéresse.

Elle lut le dossier d'un air concentré. Au bout d'une heure, elle referma l'ordinateur.

— C'est passionnant, dit-elle. Je ne connaissais pas grand-chose aux énergies renouvelables, mais tu expliques tout cela très bien. C'est instructif, clair. Qu'en pense ton grand-père ?

Jack haussa les épaules.

— Je ne crois pas qu'il soit, par nature, résistant au changement, mais pour lui le groupe Walcott a toujours reposé sur l'exploitation du gaz et du pétrole.

— C'est la raison pour laquelle tu ne travailles pas avec lui ? Parce que vous n'êtes pas d'accord ?

Il se remémora la réunion décisive lors de laquelle son grand-père lui avait demandé de quitter le conseil d'administration et eut un haut-le-cœur. Mais il était temps d'être honnête avec Ondine.

— En fait, il m'a demandé de partir parce que j'ai mal lu un dossier dans lequel j'aurais dû voir qu'il y avait un problème grave, qui a coûté cher à l'entreprise. Je n'ai pas eu le courage de lui faire lire mon projet et je ne sais pas quand il aura suffisamment confiance en moi pour avoir envie d'écouter ce que j'ai à dire.

Il attendit qu'Ondine réagisse, probablement avec désapprobation. Comme elle ne disait rien, il ajouta :

— Je sais ce que tu penses. Que c'est ma faute, que j'ai fait n'importe quoi.

— Il arrive à tout le monde de faire n'importe quoi, dit-elle. Même à ton grand-père, je présume.

— En fait, je suis récidiviste, dit-il. Ce n'est pas la première fois que je le déçois. C'est pour ça qu'il a fini par me renvoyer.

Elle demeura silencieuse un long moment.

— Tu parles comme s'il t'avait puni. Mais je ne pense pas que ce soit le cas. Il t'a renvoyé non pas parce qu'il pense que tu n'es pas à la hauteur du poste, mais parce qu'il veut que tu sois le meilleur. À toi de réfléchir, en toute honnêteté, sans complaisance, à ce que tu peux améliorer chez toi. À mon sens, il a fait ce que ferait un bon coach.

— Et toi ?

— Moi, quoi ?

— Qu'est-ce que tu en penses ? Tu crois que je suis à la hauteur ?

La réponse d'Ondine lui parut soudain essentielle.

— Je ne le pensais pas quand je t'ai connu. Mais maintenant, je suis persuadée que tu l'es, à condition de t'en donner les moyens et de croire en toi.

Il la fit s'asseoir sur ses genoux.

— J'ai l'impression que tu vas bien t'entendre avec mon grand-père. Peut-être trop bien, même.

Elle le regardait avec douceur et bienveillance. Il reprit la parole avant d'être tenté de changer d'avis.

— Je lui ai parlé, tout à l'heure. Je lui ai dit que tu étais enceinte.

Elle le regarda avec étonnement.

— Comment a-t-il réagi ?

La conversation téléphonique avait été à la fois plus facile et plus difficile qu'il ne l'avait pensé, mais pas pour les raisons qu'il avait imaginées. Il avait pensé qu'il aurait du mal à mentir de nouveau, mais il n'avait pas eu l'impression de mentir. En entendant la joie dans la voix de son grand-père, il avait oublié l'histoire du préservatif et sa suspicion au sujet de sa responsabilité dans cette grossesse. Tout cela s'était évanoui, et il avait simplement éprouvé du contentement et de la fierté.

Ondine était bienveillante avec lui parce qu'elle ne connaissait pas sa vérité, son histoire. Si elle l'apprenait… ou plutôt quand elle l'apprendrait, elle finirait par lui en vouloir et le détester.

Il chassa cette pensée de son esprit.

— Bien. Il a hâte de te rencontrer au match de polo. Tout le monde y sera.

Ce n'était pas tout à fait exact. Il avait envoyé des messages à ses parents pour leur dire qu'il avait quelque chose à leur annoncer et qu'il espérait qu'ils viendraient déjeuner avec Ondine et lui, après le match, mais ils n'avaient encore répondu ni l'un ni l'autre. Ce qui ne l'avait pas vraiment étonné, cela dit.

— Tout le monde ? répéta Ondine, soudain nerveuse.

— Mes parents, leurs époux, mes demi-frères et demi-sœurs.

Elle grimaça.

— Je doute qu'ils aient hâte de me rencontrer. J'étais serveuse au Whitecaps et je vois bien quel genre de personnes assistent aux matchs de polo. Je vais faire tache.

— Tu auras l'air différente simplement parce que tu es naturellement belle et que tu n'as pas besoin de chirurgie esthétique ni de Botox pour combler tes rides et une estime de toi désastreuse.

Il regarda son ventre légèrement arrondi.

— Maintenant moins que jamais, ajouta-t-il. La grossesse te va bien.

Elle sourit.

— Ça n'a pas toujours été le cas.

Ils se regardèrent dans les yeux, se remémorant les nuits qu'elle avait passées à vomir.

— Tu n'as jamais voulu avoir d'enfants ? demanda-t-il, sentant aussitôt le corps d'Ondine se raidir.

Son sourire s'évanouit.

— Si, répondit-elle. J'ai longtemps essayé d'en avoir avec Garrett, mon premier mari. Mais cela n'a pas marché.

Il la revit, le test de grossesse à la main, l'air hébétée. Elle avait parlé de miracle. Sur le moment, la colère l'avait empêché de prêter attention à ce qu'elle disait.

— En fait, ça a marché pour Garrett mais pas pour moi, dit-elle en se frottant le front comme si elle avait mal.

Ce qui était sans doute le cas.

— Il a eu une aventure avec une collègue de travail qui, elle, est tombée enceinte. Et il m'a quittée.

Jack regarda les grands arbres qui bordaient le jardin comme des sentinelles et sentit la colère monter en lui. Il eut envie de les déraciner, rien que pour se défouler. Quel genre d'homme était-il pour que de telles idées lui traversent l'esprit ?

— J'aurais pu m'en remettre si mes parents n'avaient pas eu cet accident de voiture à ce moment-là. Je me suis retrouvée engloutie sous le chagrin et l'inquiétude au sujet d'Oli.

Il resserra les bras autour d'elle.

— Je suis désolée, Ondine.

Il n'avait plus envie d'arracher des arbres, à présent, mais de rester là, avec elle, et de la serrer dans ses bras. De la protéger du monde et de sa cruauté imprévisible.

— Ne t'inquiète pas, dit-elle. J'ai surmonté cela. Je vais bien, maintenant. J'ai été très en colère contre Garrett puis contre Vince, mais je ne le suis plus.

Elle eut l'air surprise, comme si elle venait juste d'en prendre conscience.

— Je ne sais pas comment cela s'est produit, mais je suis plus sereine, maintenant. Tout cela est derrière moi.

— Et après Vince ? demanda-t-il.

— Je n'ai pas connu d'autres hommes, dit-elle.

Il sentit qu'elle disait vrai. Mais, dans ce cas, si elle disait la vérité...

Il sentit des frissons le long de son échine.

— Pourquoi avais-tu des préservatifs, alors ?

— Je ne me rappelais même plus que j'en avais, répondit-elle. Je pense qu'ils dataient de l'époque où j'ai connu Garrett, avant qu'on essaye d'avoir un enfant.

— C'était quand ?

Elle fronça les sourcils.

— Il y a... sept ans, à peu près. Avec Vince, je prenais la pilule. Que j'ai arrêtée en me disant que je n'aurais pas d'autre relation après lui.

Jack la regarda en silence, sous le choc de ce qu'il venait d'entendre. Il ne connaissait pas la durée de vie d'un préservatif, mais il était à peu près sûr qu'elle était inférieure à sept ans. Son cœur se mit à tambouriner, comme s'il allait se décrocher de sa poitrine.

Cet enfant était le sien.

Il ne pouvait pas, il ne devait pas être père. Pourtant, il allait le devenir. Il sentit la panique l'envahir, mais quelque chose se produisit brusquement, et la peur se métamorphosa en une grande joie, qui l'effraya presque davantage encore.

Le regard d'Ondine était braqué sur lui.

— J'étais persuadée que je ne pouvais pas avoir d'enfants. Je comprends que tu ne vois pas les choses de la même manière, mais je suis heureuse d'être enceinte. Pour moi, cela ressemble, malgré tout, à un miracle.

Il sentit pourtant quelque chose se déchirer en elle. Ses yeux avaient perdu leur éclat. À cause de lui.

— Ne t'inquiète pas, dit-il. Tout va bien se passer.

Il la serra contre lui. La tête lui tournait.

— Tout va bien se passer, répéta-t-il à plusieurs reprises, comme s'il cherchait avant tout à s'en persuader lui-même.

Depuis le premier match, cinquante ans auparavant, la Walcott Cup avait lieu tous les ans. C'était devenu une date incontournable du calendrier, au même titre que les fêtes religieuses ou nationales. Pour les fans de football américain, le rendez-vous à ne pas manquer était le Super Bowl, au mois de février. Pour ceux qui préféraient les chevaux et les concours d'élégance, le premier samedi de mai était réservé au tournoi de polo organisé par John D. Walcott IV, et dont les bénéfices étaient reversés à une association caritative.

Chaque année, Jack attendait l'événement avec impatience. Il adorait le polo, en tant que joueur et en tant que spectateur, et il était fier de ce que son grand-père avait créé. Ce qui avait commencé comme un match improvisé entre amis permettait à présent de lever des millions de dollars pour des associations.

Or, cette année, Jack avait en tête d'autres choses que le polo. Des choses plus importantes. Il jeta un coup d'œil à Ondine qui, assise en face de lui, regardait la vue par la fenêtre.

Cela faisait vingt-quatre heures qu'il avait compris qu'il était le père de l'enfant qu'elle portait. Qu'il l'avait compris, accepté mais pas reconnu. Pas officiellement, du moins. En un sens, vu de l'extérieur, rien n'avait changé.

Pourtant, plus rien n'était comme avant. « Tout est changé, changé du tout au tout », comme dans le poème de Yeats que son grand-père aimait tant.

Il était resté avec elle et l'avait tenue dans ses bras pendant un long moment. Puis ils étaient retournés dans la chambre et s'étaient enlacés sans un mot. Aucun mot ne pouvait exprimer le chaos qui régnait dans sa tête. Ni la veille ni à présent.

Peut-être qu'Ondine éprouvait la même chose. Elle ne s'était encore ni changée ni maquillée, et il espérait presque qu'elle reste ainsi, les cheveux tombant sur les épaules. Qu'ils restent à Whydah pour faire l'amour, jouer au croquet et profiter de la piscine. Car, une fois encore, elle avait tenu parole, si bien qu'il pouvait entrer dans l'eau sans avoir peur et serait bientôt capable de nager.

Son cœur se serra. Leur relation n'était pourtant que de la poudre aux yeux. Il était son mari sur le papier, et son nom figurerait bientôt sur le certificat de naissance de leur enfant. Des signatures sur des bouts de papier.

Il regarda à son tour par la fenêtre. « Tout va bien se passer », avait-il dit à Ondine. Mais les moyens pour y parvenir lui semblaient à présent aussi distants et inatteignables que la ligne de l'horizon.

La situation était différente de celle de quelques semaines auparavant, quand Ondine lui avait annoncé qu'elle était enceinte et qu'il était tellement obnubilé par l'idée de ne pas être le père qu'il avait été totalement hermétique à ses arguments. S'il avait été un tant soit peu attentif à ce qu'il avait sous les yeux, posé quelques questions pertinentes, il aurait compris que sa paternité était non seulement possible mais qui plus est hautement probable. Aveuglé par la peur, redoutant d'être rattrapé par les dégâts qu'il avait subis dans son enfance et, surtout, de les reproduire, il avait simplement campé sur ses positions.

Cet enfant était le sien. C'était une certitude inébranlable, et il se demandait à présent s'il ne l'avait pas toujours su. Il n'en revenait pas d'avoir contribué à la création d'une nouvelle vie. Chaque fois qu'il y pensait, il tremblait intérieurement. Car avoir un enfant ne signifiait pas être capable de l'élever. L'exemple de ses propres parents en témoignait. Sa gorge se serra. Après leur divorce, ils avaient été l'un et l'autre tellement impatients de se débarrasser de lui qu'ils l'avaient évincé de leur vie. Il n'était leur fils que sur le papier.

Le moment que cela change était peut-être arrivé. La Walcott Cup était le seul événement de l'année auquel ses parents assistaient tous les deux. Mais la plupart du temps, ils étaient trop pris par leurs vies respectives pour prêter à leur fils plus qu'une attention distraite. Cette fois, Jack serait sous le feu des projecteurs. Ils n'auraient pas d'autre choix que de le remarquer. De constater qu'il avait changé.

Son grand-père le verrait aussi. Ses changements étaient ce sur quoi il devait porter son attention, à présent. En cette journée de tournoi, il serait dans son élément. Il connaissait ces gens, il maîtrisait leurs règles. Il savait comment utiliser ses charmes, son statut. Il avait les moyens pour que tout cela fonctionne.

Jack et Ondine entrèrent dans le country club. Jack était presque euphorique. Il connaissait personnellement la plupart des invités. Il jeta un coup d'œil à Ondine. Elle était ravissante dans sa jolie robe blanche qui mettait en valeur le bronzage de ses jambes et de ses bras. Elle avait rassemblé ses cheveux en un chignon bas et mis un chapeau en forme de fleur.

Il avait craint qu'elle se sente mal gênée, mais elle était manifestement aussi à l'aise sur terre que dans l'eau. Elle se déplaçait avec grâce et naturel. La voir parler et sourire aux gens comme si elle faisait cela tous les jours ne fit que renforcer sa fascination pour elle. Il était conquis.

Elle leva la tête vers lui, et il sentit le désir monter en lui, si bien qu'il n'eut pas à jouer la comédie pour l'attirer à lui et l'embrasser.

— Tout va bien ? demanda-t-il dans un murmure.

Elle hocha la tête en souriant.

— Tout va bien.

Il parcourut l'assistance des yeux et aperçut un visage familier. Il attendit que la femme se tourne vers lui et le salue, mais elle s'adressait à un homme plus âgé avec lequel elle rentra dans le club-house. Sans adresser ne serait-ce qu'un regard à son fils. Comme s'il n'existait pas.

Il éprouva un accès de panique qui s'atténua un peu quand Ondine glissa la main dans la sienne. Il la serra et se sentit de nouveau serein. Mais il éprouva le besoin de bouger.

— Allons voir mon grand-père, suggéra-t-il.

Le club de polo de Palm Beach était un country club ouvert seulement à ses membres, tous triés sur le volet. Mais les titres étaient parfois trompeurs, pensa Ondine en passant, au bras de Jack, devant des groupes d'hommes en costumes impeccables et de femmes en robes longues.

Jack et elle étaient officiellement M. et Mme Walcott. Mais leur union était une imposture, une comédie censée redorer le blason de Jack aux yeux de son grand-père. Ce qu'elle savait depuis le premier jour. Pourquoi, dans ce cas, avait-elle tendance à oublier que leur couple n'en était pas un ?

Ce n'était pas seulement à cause de l'alchimie. Ni même du bébé. Ou du fait qu'il avait été là pour elle quand les hormones la faisaient vomir jour et nuit. Et qu'ils s'étaient confiés l'un à l'autre et réconfortés mutuellement. Jack l'avait aidée à laisser le passé à sa place, c'est-à-dire dans le passé. Et elle se rendait compte à présent qu'elle n'éprouvait plus de colère contre Garrett ni Vince.

Il l'avait aidée à changer, lui avait ouvert les yeux. L'avait libérée.

La veille, il avait enfin compris qu'il était le père du bébé. Quand il l'avait serrée dans ses bras, elle avait senti la tension en lui, comme si son corps était sur le point de voler en éclats. Ils avaient fini par aller se coucher. Elle s'était dit que tant qu'ils seraient ensemble, ils pourraient y arriver. Tout se passerait bien, comme il le lui avait répété à plusieurs reprises, comme un mantra.

Elle avait ô combien envie de le croire ! Mais elle dormait encore quand il s'était levé ce matin-là, si bien qu'ils n'avaient pas eu le temps de parler avant leur départ pour Palm Beach.

Ses yeux glissèrent sur la pelouse impeccable, et elle éprouva un pincement au cœur, presque de la nostalgie, en pensant au terrain de croquet de Red Knots. Après la tranquillité de Whydah, le country club lui faisait l'effet d'une discothèque. Beaucoup de monde, beaucoup de bruit. Beaucoup de gens autour de Jack, aussi. Ce qui n'avait rien de très surprenant. Il était magnifique, dans son costume en lin bleu pâle et ses mocassins brun clair. Pourtant, il eut l'air absent, l'espace d'un instant.

— Allons voir mon grand-père, proposa-t-il soudain. Il doit être avec les chevaux.

Il la regarda comme s'il ne la reconnaissait pas, l'air tendu, comme s'il se contrôlait. L'homme détendu et insouciant des derniers jours avait disparu, et elle prit conscience avec stupeur qu'il s'était remis à jouer un rôle.

— Il aime bien aller les voir avant les matchs. Cela doit lui rappeler l'époque où il jouait au polo. Qui n'est pas révolue depuis longtemps, puisqu'il jouait encore l'année dernière.

— Mais il a plus de quatre-vingts ans !

— Oui, et il est très têtu. Il a arrêté le polo parce qu'il a de l'arthrite à l'épaule. Mais il continue à monter à cheval.

Le visage de Jack s'adoucit.

Le fait qu'il puisse mentir à cet homme qu'il adorait lui échappait. C'était l'une des nombreuses choses qu'elle ne comprenait pas chez lui. Jusque-là, il n'avait fait que lui parler au téléphone. Aujourd'hui, il allait lui mentir, les yeux dans les yeux. Et elle serait complice de ce mensonge.

Mais elle avait son rôle à jouer, qui était de soutenir Jack dans cette épreuve. Elle devait jouer la comédie pour lui. Ainsi que pour Oli et son avenir.

Elle se surprit de l'avoir presque oublié. En fait, la relation entre Jack et elle s'était transformée. Il ne s'agissait plus tant d'un contrat dans lequel chacun cherchait à défendre ses propres intérêts que d'une alliance dans laquelle les objectifs de chacun étaient désormais indissociables les uns des autres.

— On va y arriver, dit-elle en serrant sa main. On va lui montrer que tu as changé.

Il hocha la tête puis regarda par-dessus son épaule. Son visage s'illumina soudain.

— Grand-père ! s'exclama-t-il en souriant.

— Jack !

Ondine se retourna, le cœur battant. John D. Walcott s'approcha et serra son petit-fils dans ses bras avant de se tourner vers elle, un grand sourire aux lèvres.

— Ondine ! je suis ravi de faire votre connaissance, dit-il en l'embrassant sur les joues.

Elle savait désormais à quoi ressemblerait Jack cinquante ans plus tard. John D. Walcott avait le même menton et le même nez patricien. Il avait un regard différent et, bien sûr, les cheveux gris, mais c'était encore un bel homme.

— Je suis très content que vous soyez là, ma chère. Bienvenue dans notre famille et félicitations !

— Merci.

— Venez. Et Jack, raconte-moi tout ce qui s'est passé depuis la dernière fois que nous nous sommes vus.

Non seulement John D. Walcott ressemblait physiquement à Jack, mais c'était aussi de lui que Jack avait hérité son charme. Curieusement, avec son grand-père, Jack semblait se libérer des tensions qu'elle avait perçues en présence des autres personnes.

— Dites-moi, Ondine, avez-vous déjà assisté à un match de polo ? demanda John D. Walcott quand ils s'assirent dans les tribunes.

— Non, c'est la première fois. J'ai l'impression que c'est un peu comme le croquet, mais à cheval et avec des buts à la place des arceaux.

— Ce n'est pas une mauvaise analogie, nota-t-il en riant.

— Jack m'a dit que vous avez joué toute votre vie, dit-elle en jetant un coup d'œil aux joueurs qui s'échauffaient sur le terrain, juchés sur des montures aussi minces et musclées qu'eux.

— C'est vrai. Et je jouerais encore si Jack ne me l'avait pas interdit.

Il posa la main sur l'épaule de son petit-fils.

— Mais il a raison, dit-il avec tendresse. Je ne suis plus tout jeune, malheureusement. Par chance, Jack veille sur moi.

— Quand grand-père dit que je veille sur lui, il veut dire en fait que j'ai caché ses maillets, dit Jack.

— Et tu as bien fait. J'ai pensé à une chose, Jack. J'aimerais que ce soit toi qui remettes la coupe aux gagnants cette année.

— Je ne peux pas faire ça, grand-père. C'est ton tournoi...

— Non, c'est la Walcott Cup, et tu es un Walcott. Il est temps que je cède ma place. Cela pourrait être ta première mission officielle en tant que président de la fondation.

Jack eut l'air surpris.

— Je... Je ne suis pas sûr d'être à la hauteur.

— Je suis absolument convaincu que tu l'es, déclara son grand-père.

Les deux hommes se regardèrent en souriant.

Ondine éprouva des sentiments mitigés. Une partie d'elle était contente pour Jack, car regagner la confiance de son grand-père était ce qu'il voulait. Mais si son grand-père le réintégrait dans sa société, la relation qu'elle entretenait avec lui n'aurait plus lieu d'être. Peut-être allait-elle pouvoir sortir du terrain, comme les joueurs de polo et leurs montures après la compétition. Elle n'aurait plus besoin de jouer la comédie, de sourire sur commande. En fait, elle n'avait plus envie de sourire.

— À quelle heure papa doit-il arriver ? demanda Jack en jetant un coup d'œil sur la foule des spectateurs qui entrait dans les tribunes.

Le sourire de son grand-père parut soudain un peu forcé.

— Il ne viendra pas. Il a eu un empêchement.

Le visage parfait de Jack ne laissa rien paraître, mais Ondine le vit se figer.

— Apparemment, Annie est venue passer le week-end avec son petit ami. Il voulait être là pour elle.

— Je comprends, dit Jack sur un ton neutre.

Mais Ondine sentit les muscles de son bras se raidir. Son grand-père se cala dans son siège, tandis que l'arbitre, en maillot rayé noir et blanc, lançait la balle dans la mêlée des joueurs et des chevaux.

10

Le match était intéressant, mais Ondine eut du mal à se concentrer, distraite par les changements d'humeur de Jack. Il était manifestement déçu que son père ne vienne pas, mais elle ne voyait pas vraiment en quoi cela constituait un problème. Tout le monde avait des empêchements, ils pourraient toujours se donner rendez-vous un autre jour.

Lors de la pause suivant la première partie du match, les spectateurs descendirent au bord du terrain.

— Excusez-moi, dit une femme vêtue du polo bleu roi du club en s'approchant de John D. Walcott. M. Wood souhaiterait s'entretenir avec vous.

— Bien entendu, répondit le vieil homme. Je vous prie de m'excuser, ajouta-t-il à l'adresse d'Ondine. Je reviens tout de suite.

Jack regarda son grand-père s'éloigner vers le club-house et la prit par la main.

— Viens, on s'en va, dit-il en se levant.

— Où ? Jack, attends...

— Je veux partir avant que mon grand-père revienne.

— Pardon ? dit-elle en lâchant sa main. Jack, on ne peut pas partir comme ça.

— Si, on peut, répondit-il en la reprenant par la main.

Mais elle se dégagea de nouveau.

— Jack, tu as promis à ton grand-père que tu remettrais la coupe aux vainqueurs.

— J'ai changé d'avis. Je dirai à mon grand-père que tu ne te sentais pas bien. Il comprendra.

— Je n'ai pas envie de mentir à ton grand-père.

— Tu veux rire ? demanda-t-il d'un air narquois. C'est maintenant que tu te mets à avoir des scrupules ?

Elle eut l'impression de recevoir un coup de poing dans le ventre. Il avait raison, mais la vérité n'était pas agréable à entendre. Et le fait que Jack la lui lance au visage était encore plus désagréable. Mais, au lieu de fuir, elle s'avança vers lui et lui retira ses lunettes de soleil.

— Oui, j'ai des scrupules, avec lesquels je vais devoir vivre toute ma vie. Mais nous sommes venus montrer à ton grand-père que tu avais changé, mûri. Partir alors que tu as accepté de remettre la coupe à sa place pour la première fois serait la preuve que rien n'a changé.

Elle vit un éclair douloureux traverser son regard.

— C'est parce que rien n'a changé, rétorqua-t-il.

— C'est faux, dit-elle en le regardant dans les yeux. Je ne te connais que depuis quelques semaines, Jack, mais je peux dire que tu n'es plus tout à fait l'homme qui a sauté du yacht et que j'ai repêché. Par contre, si tu n'en es pas persuadé, personne ne le sera.

Il secoua la tête.

— Je ne sais pas si j'en suis capable. J'étais persuadé que les choses avaient changé, qu'ils avaient évolué...

De qui parlait-il à présent ? Elle le regarda sans comprendre et lui prit la main.

— Jack, si tu veux partir, je pars avec toi, mais je pense qu'il serait plus avisé de rester jusqu'à la cérémonie.

Il scruta son visage comme s'il espérait y trouver des réponses.

— D'accord, finit-il par dire. Restons.

La seconde partie du match fut tout aussi passionnant que la première, mais Ondine eut l'impression que Jack regardait très distraitement ce qui se passait sur le terrain. Mais au moins était-il resté.

Lorsque le capitaine de l'équipe victorieuse avança pour recevoir la coupe, Jack se tourna vers elle, le trophée dans les mains.

— Tiens, je voudrais que ce soit toi qui la remettes, lui dit-il en lui tendant la coupe. Tu es d'accord, grand-père ?

— Tout à fait d'accord, répondit le vieil homme.

Une fois la coupe remise, tandis que l'équipe célébrait sa victoire, John D. Walcott prit les mains d'Ondine dans les siennes. Il souriait mais avait les yeux brillants d'émotion.

— C'est ma femme qui remettait la coupe, à l'époque. Je suis sûr qu'elle aurait été ravie de vous voir aujourd'hui. Merci, Ondine.

— Merci à vous de m'avoir invitée. Mais je crois que je vais rentrer, maintenant, si cela ne vous dérange pas que Jack me ramène. Je commence à être fatiguée.

— Bien entendu.

— Et... J'ai quelque chose à vous demander. Je voudrais vous envoyer un document par mail.

Elle hésita.

— C'est un projet sur lequel Jack travaille depuis un moment. Je sais qu'il a l'intention de vous le faire lire mais...

John D. Walcott la regarda et sourit.

— Envoyez-le-moi, dit-il. Je vous promets d'y jeter un coup d'œil.

Après cette journée bruyante et mouvementée, la cabine du jet privé parut à Ondine merveilleusement calme et fraîche. Dans la chambre, Jack regardait par le hublot. Elle avait dit à son grand-père qu'elle était un peu fatiguée, mais c'était lui qui avait l'air éreinté.

Il était demeuré silencieux pendant tout le trajet jusqu'à l'aérodrome mais n'avait pas lâché sa main. À présent, il semblait ailleurs, comme pendant leur lune de miel à Red Knots, où ils étaient restés assis, chacun dans un coin de leur chambre. Contrairement à cette époque-là, elle n'était pas en colère. Mais elle ne savait que dire. À part la vérité.

— Ton grand-père est adorable, dit-elle calmement.

Jack hocha la tête.

— Il t'aime bien.

— Moi aussi, je l'aime bien. Je suis désolée de ne pas avoir pu rencontrer tes parents. Ce sera pour une autre fois.

Elle vit sa mâchoire se crisper.

— Il n'y aura pas d'autre fois, dit-il froidement.

Elle le regarda en se demandant si elle l'avait bien entendu.

— Pourquoi ? Ce sont tes parents, il va bien falloir que je les rencontre un jour. Ton grand-père a dit que ton père allait t'appeler. Vous pourrez fixer une autre date.

— Il ne m'appellera pas, dit Jack, le visage fermé.

— Dans ce cas, appelle-le, toi. Appelle aussi ta mère.

— Non, je ne les appellerai pas.

Pourquoi se montrait-il aussi buté ?

— Tout ça parce qu'ils ne sont pas venus au tournoi de polo ?

Elle avait oublié cette version de Jack : l'enfant gâté, habitué à ce que tout le monde se plie à ses désirs.

— Tout le monde peut avoir un empêchement...

— Un empêchement ? répéta-t-il, l'air incrédule. Tu ne sais pas de quoi tu parles. Tu ne connais rien de la situation et encore moins de moi.

Elle sentit la frustration monter en elle.

— Ce que je sais, c'est que tu es en colère, dit-elle, s'efforçant de rester calme. Tu as failli partir sans même dire au revoir à ton grand-père qui t'avait demandé de remettre le trophée. Et tu as voulu lui mentir et m'utiliser comme excuse pour partir...

— Je n'aurais pas dû, je sais, dit Jack. Je cherchais juste une raison pour...

Il ne termina pas sa phrase.

— En fait, ma mère est venue. Je l'ai vue.

Elle le regarda, perplexe.

— Je l'ai aperçue dans la foule juste avant que nous allions saluer mon grand-père.

— Mais pourquoi est-ce qu'elle n'est pas venue te voir ?

— C'est à elle qu'il faut le demander.

— À moins que tu me le dises, toi.

Le silence retomba dans la chambre.

— Je n'ai pas vraiment de relation avec mes parents, finit-il par dire. Ils ont divorcé quand j'avais quatre ans, se sont remariés, chacun de leur côté, et ont fondé de nouvelles familles. Il faut croire que j'étais de trop.

De trop ?

Comment pourrait-il être de trop ? C'était leur fils.

— Je n'étais pas un enfant facile. Je faisais des crises de colère et j'avais des terreurs nocturnes. Mes parents ont trouvé plus simple de me confier aux bons soins d'une nounou. De deux, en réalité – une par maison. Ce qui leur donnait des prétextes supplémentaires pour se disputer, si bien que les nounous ne restaient jamais très longtemps. J'ai dû en avoir cinq dans l'année. Puis la situation a changé.

— Que s'est-il passé ?

Il se passa la main sur le front.

— J'étais chez mon père, ma mère était censée venir me chercher. Mais quand j'ai compris que mon père emmenait mes demi-sœurs à la mer, j'ai hurlé parce que je voulais partir avec eux. Pour me distraire, mon père a dit qu'on allait jouer à cache-cache. J'ai trouvé une super cachette dans la buanderie et j'ai attendu... Attendu je ne sais pas combien de temps, jusqu'à ce que j'entende une porte claquer. J'ai pensé que ma mère était arrivée. Mais je voulais tout de même que mon père me trouve alors je suis resté dans ma cachette. J'ai fini par m'endormir. À mon réveil, il faisait nuit. Tout le monde était parti.

Il avait parlé d'un ton neutre mais, à en croire l'expression de son visage, il était encore sous le choc.

— Je ne comprends pas, dit-elle lentement.

Effectivement, elle ne comprenait pas. Oli et elle avait toujours été au centre de la vie de leurs parents. La famille de Jack était cultivée, riche ; ils avaient même les moyens d'embaucher des nounous.

— Mon père devait redouter que je fasse une autre crise, alors il a préféré partir et me laisser avec Holly, la gouvernante. Mais elle était dans le jardin au moment où il est parti et elle a dû penser que j'étais dans la voiture avec lui, alors elle a fermé la maison et est rentrée chez elle.

— Et ta mère ?

— Elle était à Saint-Barth et a décidé de prolonger ses vacances. Elle a laissé un message à mon père qu'il ne s'est pas donné la peine d'écouter.

— Mais ils sont revenus quand ils s'en sont rendu compte ?

— Non, personne n'est venu me chercher.

Ses yeux étaient vides, perdus. Elle se leva du lit et s'approcha de lui pour prendre ses mains dans les siennes.

— Tu as dû être terrorisé !

Il hocha lentement la tête.

— J'étais petit. Je n'ai pas vraiment compris ce qui se passait, mais quand j'ai vu que j'étais enfermé, tout seul, à la maison, j'ai paniqué. J'ai voulu monter sur une chaise pour ouvrir le verrou de la porte de derrière, mais je suis tombé et me suis cassé le bras.

Le souffle coupé par le choc, elle essaya de prendre une profonde inspiration.

— Sans le savoir, j'ai déclenché l'alarme. Le personnel de

l'entreprise de sécurité m'a vu sur les vidéos et a appelé mon grand-père qui a accouru pour m'emmener à l'hôpital. Je ne sais pas ce qu'il a dit à mes parents, mais à la sortie de l'hôpital, je suis allé habiter chez lui.

Ses mains tremblaient.

— C'est la seule personne à s'être vraiment occupée de moi. Je m'en veux de lui avoir menti effrontément.

— Tu ne lui as pas menti sur l'essentiel. Ton grand-père voulait que tu fasses le point sur ta vie, et tu l'as fait. Il t'aime beaucoup, c'est évident, et il t'aimera toujours. Je crois qu'il a juste envie que tu t'aimes aussi et que tu sois heureux.

— Mais je l'ai déçu. Et pas qu'une fois. J'ai fait des choses insensées.

— Comme sur le yacht, dit-elle d'un ton apaisé.

— Par exemple. Tu sais, je ne t'ai pas menti : je n'avais rien pris. J'avais juste envie de quitter ce yacht. J'ai sauté parce que j'étais bouleversé d'avoir vu une photo de ma mère et de mon demi-frère à un match de tennis… Je ne sais pas vraiment ce qui se passe dans ces moments-là, mais c'est comme si j'étais anesthésié…

Elle s'agenouilla près de lui, sans lâcher ses mains.

— J'ai l'impression d'être englouti et que si personne ne vient me chercher, je vais disparaître définitivement. Le seul moyen de mettre fin à cette sensation est de me faire mal ou de me faire peur. Alors je porte mon attention sur la douleur ou la peur et je reviens à la réalité. Je sais que c'est fou, mais…

Elle prit son visage dans ses mains et l'embrassa doucement, soudain prise d'un besoin de le protéger.

— Je suis désolé de ce que je t'ai dit tout à l'heure. Et de ma réaction quand j'ai appris que tu étais enceinte. Je sais que je suis le père de ce bébé et je veux que tout se passe au mieux. Je veux être là pour vous, pour toi comme pour lui. Je ne sais pas comment je vais m'y prendre ni même si c'est ce que tu veux…

— Bien sûr que c'est ce que je veux, dit-elle en retenant les larmes qui menaçaient soudain de jaillir. Je veux que tu sois là, que tu prennes ta place de père.

Elle lui prit la main et la posa sur son ventre. C'est alors que la vérité lui sauta au visage.

Elle aimait Jack. Et, à cette seule pensée, elle eut l'impression que son cœur s'ouvrait comme une fleur qui éclôt. C'est le devoir qui l'avait poussée à le sauver de la noyade, mais c'est par amour qu'elle lui avait appris à nager. Et qu'elle lui avait dit de rester jusqu'à la fin du match de polo. Elle voulait qu'il se sente bien. Et qu'il soit heureux.

Mais Jack, lui, ne parlait pas d'amour. Il souhaitait simplement que les choses se passent le mieux possible. Or, ses deux premiers mariages lui avaient au moins appris que l'amour devait être réciproque.

Elle prit une profonde inspiration.

— Nous ferons en sorte que tout se passe bien, dit-elle.

Jack se laissa glisser sur le sol, près d'elle. Ils demeurèrent un long moment silencieux, dans les bras l'un de l'autre. Puis elle posa les lèvres sur les siennes, et ils s'embrassèrent. Ils ne se déshabillèrent pas, n'allèrent pas s'allonger sur le lit. Il releva sa jupe, Ondine passa les jambes autour de ses hanches, et il la pénétra.

Quand ils eurent joui, elle demeura accrochée à lui un moment, la tête sur son épaule, puis il se dégagea doucement et se leva.

— Je vais aller parler au pilote, dit-il avant de se pencher pour l'embrasser. Il faut qu'il anticipe un changement de destination.

— Un changement de destination ? On ne retourne pas sur l'île ?

Il secoua la tête.

— Whydah, c'était l'endroit de notre lune de miel. Il faut que nous revenions à la réalité.

— Et où est la réalité ?

— À New York, dit-il en tendant les mains pour l'aider à se relever. On rentre à la maison.

Jack regarda l'écran de télévision, l'air endormi. Il avait l'impression d'émerger d'un long sommeil et de prendre conscience que la Terre avait continué de tourner ; et les gens, de vivre leur vie pendant qu'il dormait.

Il avait laissé Ondine au bord de la piscine et était redescendu pour préparer le petit déjeuner. Du moins pour demander à la gouvernante de le préparer. Il se demanda s'il avait déjà allumé une cuisinière une fois dans sa vie. La nouveauté, c'était qu'il avait envie d'apprendre à cuisiner. Des choses qui étaient impensables jusque-là étaient désormais envisageables. Comme le fait de savoir nager ou d'être père. Grâce à Ondine, il avait compris qu'il avait le choix. Qu'il n'était pas condamné à rester la même personne toute sa vie.

Deux jours s'étaient écoulés depuis leur atterrissage à New York. Deux jours qu'ils avaient passés au lit, n'ayant ni l'un ni l'autre envie de mettre un terme à leur lune de miel. Jusqu'à ce qu'ils prennent conscience que rien ne les y obligeait.

En arrivant à New York, il s'était demandé ce qui l'avait poussé à se confier à Ondine au sujet de ses parents. Il n'avait jamais parlé de son enfance à quiconque. Il en avait trop honte et redoutait que les gens, en connaissant la vérité sur son enfance, lui tournent le dos, comme l'avaient fait ses parents.

Ondine n'avait pas fui. Elle ne s'était pas non plus rangée du côté de ses parents. Elle était restée, l'avait écouté, l'avait soutenu et lui avait dit qu'elle voulait qu'il prenne sa place de père.

Ondine avait raison : ce bébé était un miracle. Pour elle, qui avait fini par tomber enceinte, contre toute attente ; et pour lui, qui découvrait qu'il pouvait être père.

Il découvrait aussi à quel point il avait envie d'être avec Ondine. Ce n'était pas qu'une question de sexe. Elle lui avait parlé de sa vie avec Oliver, de ses parents et de son enfance. Il lui avait donné l'adresse de sa boulangerie préférée. Et du bar où les propriétaires faisaient eux-mêmes leurs amandes aux épices. Aucun sujet n'était insignifiant. Ils aimaient parler de tout.

Le téléphone d'Ondine sonna. Elle l'avait laissé sur le plan de travail. Il jeta un coup d'œil à l'écran, sur lequel la photo et le nom d'Oliver s'affichèrent. Il hésita. Ils n'avaient pas été officiellement présentés, mais il savait qu'Ondine espérait qu'ils s'entendent bien. Elle serait sans doute contente de les voir se parler.

Il décrocha en se demandant quelle heure il était au Costa Rica. Le visage d'Oliver apparut, détendu, souriant, content...

— Salut ma sœur ! lança-t-il avant de se figer en voyant Jack. Oh ! désolé, je croyais parler à...

— À Ondine, dit Jack. Elle est à la piscine, mais je vais l'appeler.

— Oh ! Je pensais avoir le temps de lui parler avant qu'elle parte travailler, mais... Vous travaillez avec elle ?

Jack réfléchit sans comprendre. Cela faisait plusieurs mois qu'Ondine avait quitté le Whitecaps. Son frère devait être au courant.

— Non, je ne travaille pas avec elle.

— De toute façon, je sais qu'elle ne peut pas parler quand elle travaille. Je la rappellerai plus tard. Oh ! excusez-moi, je suis Oli, son frère...

Il attendit poliment que Jack se présente.

— Jack, dit-il.

— Enchanté, Jack, dit Oli en souriant.

Mais la communication s'interrompit.

Jack regarda le téléphone, le cœur battant. Était-il possible qu'Ondine n'ait jamais parlé de lui à son frère ? Qu'elle ne lui ait jamais annoncé qu'elle était mariée ?

Alors qu'elle était enceinte et avait dit à Jack qu'elle tenait à ce qu'il soit présent auprès de leur enfant.

À moins, bien sûr, qu'elle n'ait pas été honnête et qu'elle lui ait dit ce qu'il avait envie d'entendre, pour l'apaiser sur le moment. Comme son père, le jour où il lui avait proposé de jouer à cache-cache.

Il était toujours adossé au plan de travail, pétrifié, lorsque Ondine entra dans la cuisine, les cheveux mouillés. Elle avait enfilé l'un de ses T-shirts. Jamais elle n'avait été aussi belle, aussi naturelle. Mais les apparences étaient parfois trompeuses. Elle s'approcha de lui et le prit dans ses bras. Il aurait été si facile de lui arracher son T-shirt et de lui faire l'amour. Mais il recula en repoussant ses mains.

— Qu'est-ce qui se passe ? demanda-t-elle. Ça va ?

Elle avait l'air inquiet, et il eut envie de croire que son inquiétude était sincère, mais...

— Oli a appelé, dit-il en posant le téléphone sur le plan de travail.

Elle se détendit, et ses traits s'adoucirent comme chaque fois qu'il était question de son frère.

— Oh ! ne t'inquiète pas, je le rappellerai tout à l'heure.

— Ce n'est pas la peine. Je lui ai parlé.

Le silence qui s'ensuivit fut éloquent. Il scruta le visage d'Ondine, espérant encore s'être fait des idées. En vain.

Ondine était anormalement immobile. Puis elle prit la parole.

— Je ne lui ai rien dit à propos de nous, du mariage. Ni du bébé. J'étais sur le point de le faire, mais...

Elle tendit la main vers lui, mais il se dégagea.

— J'attendais de trouver le bon moment. Que les choses se soient stabilisées.

Il la regarda, incrédule. Il était en colère et blessé, et regretta presque l'état d'anesthésie dans lequel il tombait auparavant quand il recevait un choc.

— Pourquoi te donner tant de mal, alors que tu pourrais continuer à tout nier en bloc.

— Je ne nie rien du tout. C'est juste qu'Oli est tout jeune et que…

— Je t'ai fait confiance, Ondine. Je me suis confié à toi comme je ne l'avais jamais fait avec personne. Tu m'as dit que nous ferions en sorte que cela marche entre nous. Mais j'ai du mal à le croire, sachant que tu n'as même pas dit à ton frère que j'existais.

Le fait de se trouver dans la même pièce qu'elle lui parut soudain insupportable. Il tourna les talons, traversa le salon et appela l'ascenseur, dont la porte s'ouvrit aussitôt. Il s'engouffra dans la cabine, le cœur tambourinant dans sa poitrine.

— Jack !

Il ignorait où il allait, mais cela importait peu. L'essentiel était d'aller quelque part. Car s'il s'arrêtait, la douleur qui emplissait son cœur risquait de l'engloutir tout entier.

11

Ondine sentit la panique monter en elle et se précipita vers l'ascenseur. Jack était manifestement bouleversé. Elle se remémora ses paroles.

« Je ne sais pas vraiment ce qui se passe dans ces moments-là, mais c'est comme si j'étais anesthésié… Le seul moyen de mettre fin à cette sensation est de me faire mal ou de me faire peur. »

Lorsque la porte de l'ascenseur se rouvrit, la cabine était vide. Jack était parti, et elle ne pouvait s'en prendre qu'à elle-même. Sans le vouloir, elle lui avait fait du mal. Il était dehors, quelque part dans Manhattan, et souffrait.

Elle rentra dans l'appartement et prit son portable pour l'appeler, mais il ne décrocha pas. Elle lui laissa plusieurs messages vocaux et par texto. Jamais elle ne s'était sentie aussi démunie.

Que faire ? Elle ne connaissait pas New York, et la ville était immense.

Pourquoi n'avait-elle pas tout raconté à Oli ? Mais tout quoi ? Et quand ? Comment expliquer qu'elle avait épousé un inconnu pour de l'argent ? Dont elle était tombée enceinte ?

Elle se laissa tomber sur le canapé et regarda l'écran de son portable. Il était évident que Jack ne voulait pas lui parler. Elle posa instinctivement la main sur son ventre arrondi et s'efforça de respirer plus amplement.

Son cœur fit un bond dans sa poitrine quand le téléphone se mit à sonner.

— Jack ?

— Ondine ? C'est John Walcott. Je suis de retour à New York et voulais vous inviter tous les deux dimanche, pour le déjeuner.

Elle chercha ses mots, mais fut incapable de trouver les bons. Les larmes lui montèrent aux yeux.

— Ondine ? Vous allez bien ?

— Je ne...

— Ondine ? Que se passe-t-il ? demanda John D. Walcott d'une voix posée. Jack n'est pas là ?

Cette question servit de déclencheur.

— Il est parti. C'est ma faute. Il croit que je ne l'aime pas alors que je l'aime à la folie. Mais il pense le contraire...

Jack marchait toujours, sans but précis. La plupart du temps, il ne reconnaissait même pas l'endroit où il se trouvait. Ses jambes semblaient avancer d'elles-mêmes, sans vouloir s'arrêter, pas même pour qu'il regarde ses messages sur son portable.

Il ne supporterait plus aucune excuse. Il en avait trop entendu. Trop de mauvaises excuses, trop de trahisons à pardonner et à oublier depuis son enfance. De toute évidence, sa relation avec Ondine était demeurée pour elle une simple transaction financière, rien de plus.

Mais il se souvint de ce qu'elle lui avait confié au sujet de ses relations précédentes et ralentit le pas jusqu'à s'arrêter. Les gens manquèrent lui rentrer dedans et le contournèrent en râlant, mais il se fichait pas mal de leur agacement. Car un autre souvenir lui revint à l'esprit, celui de son grand-père parlant de sa grand-mère.

« Je lui ai raconté des choses que je n'avais jamais dites à personne. Je lui ai ouvert mon cœur. C'est là que j'ai compris que je l'aimais. Car l'amour, c'est ça, Jack, c'est ouvrir son cœur. »

Il avait ouvert son cœur à Ondine, et il lui avait semblé qu'elle lui avait ouvert le sien. Il s'était ouvert à la possibilité d'un avenir avec elle et avec le bébé qui grandissait dans son ventre. Un avenir qu'il n'avait jamais osé imaginer possible auparavant. Avec une femme qu'il aimait, et avec leur bébé. Un bébé qui nagerait comme un poisson.

Son téléphone vibra. C'était son grand-père. Il hésita. Il n'avait plus envie de mentir. S'il ne répondait pas, son grand-père s'inquiéterait. Mais que dire ? Comment était-il censé expliquer le tissu de mensonges qu'il avait tissé avec Ondine ?

— Grand-père ? Est-ce que je peux te rappeler dans un moment ? Il faut d'abord que j'appelle Ondine.

— Je sais. Je l'ai eue au téléphone. Il faut que vous vous parliez. Mais ne raccroche pas, j'ai quelque chose à te dire d'abord.

Ondine faisait les cent pas dans le salon, en jetant un coup d'œil à son portable toutes les dix secondes. Cela faisait une heure que John D. Walcott lui avait parlé, et il ne l'avait toujours pas rappelée. Elle décida d'aller faire le tour du pâté de maisons et se dirigea vers l'ascenseur. Elle n'eut pas le temps d'appuyer sur le bouton que la porte s'ouvrit. Jack était dans la cabine, pâle, les traits tirés. Mais il était là, sain et sauf.

— Tu es revenu..., dit-elle, une boule dans la gorge.

Il hocha lentement la tête.

— Je n'ai pas dit tout ce que j'avais à te dire.

Il avança jusque dans le salon. Elle le suivit. Au bout d'un silence qui lui parut interminable, il prit la parole.

— Je t'ai dit que mon grand-père était la seule personne qui ait jamais vraiment veillé sur moi, tu te rappelles ? En fait, c'est faux. Toi aussi tu as veillé sur moi. Sur la plage, à Palm Beach, à l'hôpital, dans la chambre de ton frère. Même quand je t'ai dit des choses horribles, tu es restée alors que j'aurais mérité que tu partes et ne reviennes jamais. Personne n'a jamais fait ça pour moi.

— Tu mérites d'être aimé, Jack, murmura-t-elle.

— Et aujourd'hui, tu t'es fait un sang d'encre quand j'ai quitté l'appartement. J'ai parlé à mon grand-père. C'est lui qui me l'a dit.

Il prit une profonde inspiration et s'approcha d'elle.

— Il m'a aussi dit que tu m'aimais. Est-ce vrai ? Parce qu'il se trouve que, moi aussi, je t'aime. Tu m'as sauvé, Ondine, et pas seulement sur la plage de Palm Beach. J'étais en train de me noyer dans ma vie, et tu m'as ressuscité. Par ton amour.

— Toi aussi tu m'as sauvée, dit-elle en se blottissant dans ses bras.

Elle leva la tête et vit ses magnifiques yeux dorés s'emplir de larmes.

— Tu m'as appris à faire de nouveau confiance. J'ai eu tellement peur de te perdre...

— Tu ne peux pas me perdre. Je t'ai ouvert mon cœur. Je t'aime, Ondine. Et j'aime ce bébé.

Il se pencha et l'embrassa passionnément, comme le premier jour, sur la plage, puis il la souleva et l'emmena dans sa chambre – leur chambre.

Épilogue

Le jardin de Red Knots commençait à se remplir. Sur la terrasse, les invités bavardaient et riaient. Regardant la scène depuis la fenêtre de sa chambre, Ondine sentit deux mains chaudes la prendre par la taille et les baisers que Jack déposa dans son cou.

— Est-ce qu'on attend encore quelqu'un ? demanda-t-il.

Elle savait à quel point il lui était difficile de poser cette question.

— Je crois qu'on peut y aller, répondit-elle en se retournant dans ses bras. Ton père est allé voir les chevaux avec ton grand-père, et ta mère est en train de discuter avec Oliver.

Vingt mois s'étaient écoulés depuis que Jack et elle s'étaient mariés au tribunal de Miami-Dade. Mais la relation qu'ils avaient aujourd'hui n'avait plus rien à voir avec le contrat qu'ils avaient signé à l'époque.

Pour commencer : plus aucun secret. Ils avaient découvert les bénéfices d'une communication transparente. Et l'amour mutuel qu'ils s'étaient promis en prononçant leurs vœux était réel. Tellement réel que son cœur se serrait parfois au point de lui couper le souffle.

Elle posa la main sur sa joue.

— T'ai-je déjà dit à quel point j'étais fière de toi ?

Son regard doré s'adoucit.

— Il me semble avoir déjà entendu ça, oui.

— Tout cela, c'est grâce à toi.

Il hocha la tête.

— Le buffet vient tout droit de chez le traiteur. Je n'y suis pour rien.

— Je ne parle pas de la fête ni du buffet. Enfin, pas seulement. Je parle de tout ce que tu as rendu possible. Tes parents sont là, Oli aussi...

— Jamais je n'aurais pu faire cela sans toi, dit-il en posant les mains sur son ventre arrondi. Tu es la plus belle chose qui soit arrivée dans ma vie. Je ne sais pas où je serais si je ne t'avais pas rencontrée.

Elle lui caressa la joue, emplie d'amour et de gratitude.

— Tu es la plus belle personne que j'aie jamais rencontrée, dit-elle. Le meilleur mari, le meilleur père, le meilleur P-DG.

Ses paroles le firent sourire. Le plus beau était que, désormais, il y croyait.

Cela ne s'était pas fait tout seul. Il avait dû se confronter à son passé, à ses parents. Et c'était un processus en cours. Mais, comme quand on apprend à nager, il fallait commencer par les bases et beaucoup pratiquer. Puis, un jour, on remportait des médailles lors de triathlons organisés au profit d'organismes de bienfaisance. Elle regarda les médailles accrochées à la tête du lit qui, elles aussi, l'emplirent de fierté.

Jack plongea le regard dans les magnifiques yeux bleus d'Ondine, le cœur battant au rythme des vagues. Chaque matin, au réveil, il remerciait l'océan de lui avoir fait croiser le chemin de cette femme merveilleuse. Elle avait insufflé de l'air dans ses poumons et de l'amour dans son cœur. Elle lui avait redonné foi en lui. Elle lui avait aussi donné une petite fille magnifique.

— On peut aller la chercher, dit-il en caressant les cheveux d'Ondine. Elle ne peut pas manquer sa première fête d'anniversaire !

Comme si elle avait entendu son père, Esme Candace Walcott émit un petit gazouillis dans le babyphone.

Lorsqu'ils entrèrent dans sa chambre, elle était debout dans son lit, une main agrippant une girafe, l'autre tendue vers Jack qui s'approchait d'elle. Elle le regardait de ses grands yeux bleus, ses boucles blondes formant un halo autour de sa petite tête. Il sentit son cœur déborder d'amour et de gratitude. Avec Ondine, il avait ouvert son cœur. Il était maintenant capable de donner et de recevoir de l'amour. Beaucoup d'amour.

Il prit Esme dans ses bras et se tourna vers Ondine.

— On pourrait peut-être trouver un appartement plus grand, quand on rentrera à New York. Avant que celui-là arrive, dit-il en posant la main sur le ventre arrondi d'Ondine.

Il ne pouvait pas s'empêcher de le caresser. Les doutes et les peurs qui l'avaient empêché de profiter pleinement de sa première grossesse avaient disparu. Désormais, il n'avait plus peur, et ses doutes passaient aussi vite qu'ils surgissaient.

— On pourrait aussi déménager à la campagne, ajouta-t-il après réflexion. Avoir un jardin, des animaux.

Ondine sourit et le serra dans ses bras.

— Peu importe, tant que nous sommes ensemble.

Ils demeurèrent un moment enlacés, certains que l'endroit où ils vivaient n'était qu'un détail parmi d'autres. Car l'essentiel se trouvait ailleurs, dans leur cœur, dans leur âme.